Mr. Futuro and José

Rev. Moses Mercedes

ISBN: 0-75963-229-4

This book is printed on acid free paper.

1stBooks - rev. 07/24/01

Sr. Futuro y José

Rev. Moses Mercedes

ISBN: 0-75963-229-4

Este libro se imprime en el ácido liberta papel.

1stBooks - rev. 07/24/01

Dedication

To every Hispanic American that graduates in the schools of the United States of North America; overcoming all the obstacles and bearing the presures of what sometimes seems impossible.

I dedicate the success of this book to my "other Self' my wife Aridia and to our daughters Mohary, Rodaly and Arímory, whom were my first critics.

Dedicatoria

A cada Hispano-Americano que se gradúa en las Escuelas de los Estados Unidos de Norte América; venciendo todos los obstáculos y sobreponiéndose a las presiones que aveces parecen imposible.

Dedico el éxito de este libro a mi "otro Yo" mi esposa Aridia y a nuestras hijas Mohary, Rodaly y Arímory, quienes fueron mis primeras críticas.

Brief notes about the author

Rev. Moses Mercedes, native from the Dominican Republic, Ordain Minister from the Spanish Eastern District Assemblies of God Inc. Former commissioner of Human Rights in the State of Rhode Island. Radio personality in Providence Rhode Island and Bridgeport Connecticut. International speaker and lecturer. Recognized Most Outstanding Citizen 1990 by the International Institute of Rhode Island. Senior Pastor of the Assemblies of God in Providence Rhode Island for 15 years. Senior Pastor of the "Prince of Peace" Church Assemblies of God in Bridgeport Connecticut since 1991 to present (2001) Eternal passionate of reading, music, spirituality and his family.

Breves datos del autor

Rev. Moses Mercedes, oriundo de República Dominicana. Ministro Ordenado del Distrito Hispano del Este, Asambleas de Dios Inc. Ex-comisionado de Derechos Humanos en el Estado de Rhode Island. Personalidad de la Radio en Providence Rhode Island y en Bridgeport Connecticut. Conferencista y Orador Internacional. Reconocido Ciudadano más destacado del año 1990, por el Instituto Internacional de Rhode Island. Pastor de las Asambleas de Dios en Providence Rhode Island por 15 años. Pastor de la Iglesia "Príncipe de Paz" Asambleas de Dios en Bridgeport Connecticut, desde 1991 al presente (2001) Eterno apasionado de la lectura, la música, la espiritualidad y su familia.

Mr. Future and José

A story extracted from the inmost of our hispanic reality and from the bitter experiences that could have been lived in any country of America and terminated in any northern city. The names and the incidents in this book, are products of the author's imagination. Any likeness to someone or to a particular case, you can be sure that it is pure coincidence.

Sr. Futuro y José

Una historia extraída de las entrañas de nuestra realidad Hispana y de las amargas experiencias que pudo ser vivida en cualquier país de América y terminar en cualquier ciudad del norte.Los nombres y los incidentes en este libro, son producto de la imaginación del autor. Si algún parecido a alguien o a su caso particular, puede estar seguro que es pura coincidencia.

Mr. Future and José

Mr. Future is a big man that carries a black robe and a very large book in his hand, he also has a special laser ray artifact that he uses to illuminate the deepest parts of the person with whom he meets and his shoes are incredibly long.

He walks so rapidly that few can follow near without having to run.

Mr. Future came today to visit the Barrio school and insistently asked about the hispanic students.

He said that he knew of a student named José, but he has not been able to meet with him, because when he was informed about José it was in pre-school, Mr. Future had been misinformed since José had to be removed from the school because he bit other students, and when Mr. Future arrived to pre-school, José was no longer there.

María the mother of José, came to this country, the United States with an aunt after the natural desaster struck and demolished the parent's hut and only she survived, remaining orphaned at five years of age.

The aunt took María, José's mother, from her grandparents, to bring her to a better life in New York.

María's aunt belived that the girl would not overcome the traumas and confusion that were caused by the natural disaster and the death of her parents because she spent her time looking out the window of the fifth floor apartment where they lived locked up on Tinton Avenue in the South Bronx.

In the sweing factory where the aunt worked, the small Mariíta as she was called by the aunt's co-workers, had been adopted by all. The girl would pass long hours among the linens next to the machine that her aunt operated, who couldn't afford to pay for care and would take her everyday to work.

Sr. Futuro y José

Mr. Futuro es un hombre grande que lleva una bata negra larga y un librote grandote en la mano, también tiene un artefacto de rayo laser especial que utiliza para iluminar lo mas adentro de la persona con quien se encuentra y sus zapatos son increiblemente largos.

Camina tan rápido que son pocos los que pueden seguirlo de cerca sin que tengan que correr.

Mr. Futuro vino hoy a visitar la escuela del Barrio y preguntó con insistencia por los estudiantes Hispanos.

Dice que supo de un estudiante llamado José, pero no ha podido dar con él, pues cuando le informaron que estaba en la pre-escolar, le informaron mal puesto que tuvieron que sacarlo de la escuela porque José mordía a los otros estudiantes, y cuando llegó Mr. Futuro a la pre-escolar ya no estaba José.

María la madre de José, vino de su país con una Tía, después que pasó el desastre natural que derribó la casucha de sus padres y solo se salvó ella, quedándose huérfana a los cinco años de edad.

La Tía le quitó a los abuelos a María, la madre de José; para traerla a mejor vida en Nueva York.

La Tía llegó a pensar que la niña no superaría los traumas y perturbaciones que le causó el desastre natural y la muerte de sus padres, porque se la pasaba mirando por la ventana del apartamento del quinto piso en que vivían, encerradas en la Avenida Tinton en el sur del Bronx.

En la factoría de costura que la Tía trabajaba, la pequeña Mariíta, como le llamaban las compañeras de trabajo de la Tía, la tenían como adoptada de todas, por las largas horas que la niña pasaba sentada entre lienzos, al lado de la máquina que operaba su Tía, quien no podía pagar para que se la ciudaran y se la llevaba todos los días al trabajo.

The noise of the industrial machines substituded the singing birds in the patio at the country where she was born and María, José's mother, was raised this way in New York, as if she were a domestic kitten.

When she started to go to school near 149th Street in the Bronx, since she turned seven years old, learned to cross the streets alone and after school would wait playing sometimes alone in the school yard until her aunt went on her 'break' at three thirty in the afternoon to pick her up and take her back to the factory.

María developed a character combined with yells to hide her fears, demonstrating toughness and also naïve tenderness which some times made her melancholic and abstracted in her own world.

The aunt treated her like a litle woman, demanding that she go home from school, to cook and put away the meal and clean the house when she was only ten years old.

Two days after she became eleven years old, María left social studies class to go to the dirty bathroom in the school and in the hallway she met with her two friends, Junior and Nene for whom she had taken affection living a fantasy to her self, that they were her brothers that she never knew since they died with her parents in the natural disaster in her county.

When she saw them she thought "gee, if they only knew that I consider them like my brothers and when I play with them in the school yard I imagine my deceased brothers that the natural disaster took away."

María! Yells Junior and pulls Nene's arm and comes running towards María. "Nene and I were talking about you almost right now." You don't say" responds María, thinking that maybe what happens in the movies, that thoughts can be communicated, has been made reality and they understood my appreciation and admiration that I feel for them in my guts.

Los ruidos de la máquina industrial sustituyeron los cantos de los pajaritos del patio en el País donde nació María, madre de José; criándose así en Nueva York, como si fuera una gatita domesticada.

Cuando comienza a ir a la escuela cerca de la calle 149 del Bronx; desde que cumplió siete años de edad, María aprendió a cruzar sola las calles y después de las clases esperaba jugando, aveces solita en el patio de la escuela hasta que su Tía iba en el "Brake" de las tres y treinta de la tarde a buscarla para llevarla de nuevo a la factoría.

María desarrolló un caracter ligado entre gritos, para esconder sus temores; demostrando ser fuerte y además una ternura ingenua que la hacía aveces melancólica y ensimismada en su propio mundo.

La Tía la trataba como una mujercita, exigiéndole que se fuera de la escuela a la casa y que guardara la comida hecha y la casa limpia, cuando solo tenía diez años de edad.

Dos dias después que cumplió los once años, María salió de la clase de Estudios Sociales para ir al sucio baño de la escuela y en el pasillo se encontró con sus dos amiguitos, Junior y el Nene, a quienes les acogió mucho cariño porque, dentro de ella vivía la fantasía de que eran sus hermanitos que nunca conoció pués murieron junto a sus padres en el desastre natural en su país.

Al verlos piensa "caramba si ellos supieran que los considero como mis hermanos, y que cuando juego con ellos en el patio de la Escuela me imagino a mis difuntos hermanitos que el Desastre Natural me quitó"

María! Le grita Junior y tirando del brazo del Nene sale corriendo hacia María. "El Nene y yo estábamos hablando de ti, casi ahora mismo"-No me diga! Responde María pensando que talvez lo de las películas de que se pueden comunicar los pensamientos se hizo realidad y ellos entendieron mi aprecio y admiración por ellos que llevo entre las tripas. "Yo también estaba pensando en ustedes y no se imagian de qué manera"

"I also was thinking about you guys; you can't imaging how" Nene grab her by her arm and tells her secretly, "we want to be your buddies; come, let's go behind the stairs so we can talk. Junior looks at her with michievous eyes, he smiles and while María looks back to make sure that no one is in the hallway, forgetting that she had to go to the bathroom, follows the malicious restless pair who the night before had stolen a pornografic movie and they spent the night watching it and planning the demonstration with the first easy victim, wherever.

Meanwhile María is confident her thoughts and fantasies about brothers, was becoming a dream come true.

-"Come here" says Junior,-under this stairway there is a door where no one will be able to bother us. The three squat enter under the stairway the door where there is a type of closet and it was when María lost her innocence, the fatal Monday when obligated by her two friends, she suffers so much shame and undeceiving that she didn't want to come out of the closet until it was night to be able to hide her terror in the shadow of the night, since in those hours of deep bitherness, pain and frustration in which she considered her great deceivement, she thinks in between sobs which shakes all of her tender being:-Everyone that sees me is going to realize what has happened to me, I will never return to this place, why did this have to happen to me? It would have been better if the disaster had taken me also. Now, how will I face my aunt? What will I write to my grandparents in my country?

At seven thirty in the cold winter evening, the aunt has not even thought of calling the police since she still has to call one of her coworkers to find out if Mariíta is with her, the aunt knows that the dispute and yelling that she put up this mourning because of the dishes left dirty at dawn full of roaches along with the leftovers, spent the night in the narrow kitchen of the apartment and the mice did not let her sleep all night. The aunt thinking that María fed up with her fighting and screaming went with that coworker and waits to the last minute.

El Nene la toma por el brazo y le dice de secreto: "Nosotros queremos ser tus panas; ven, vamos detrás de la escalera para que hablemos." Junior la mira con ojitos pícaros, se sonríe y mientras María mira hacia atrás para serciorarse de que no venga nadie por el pasillo, olvidándose que tenía que ir al baño, sigue con el par de inquietos maliciosos que la noche antes se robaron una película pornográfica y se pasaron la noche viéndola y planificando su demostración con la primera víctima fácil, donde fuera.

Mientras que María va confiada en que sus pensamientos y sus fantasías de hermanos se estaba haciendo un sueño realizado.

"Ven aquí" le dice Junior,-debajo de esta escalera hay una puerta que nadie nos podrá molestar. Los tres entran agachados debajo de la escalera por la puerta donde hay un estilo de closet y fué cuando María perdió su inocencia el Lunes fatal cuando obligada por sus dos amiguitos, sufre tanta verguenza y desengaño que no quizo salir del closet hasta que se hizo de noche, para disimular su terror entre la penumbra de la noche, puesto que en esas horas de honda amargura, dolor y frustración en que considera su gran desengaño, piensa entre sollozos que estremecen todo su tierno ser: "Todo el que me vea se va a dar cuenta de lo que me ha pasado, yo jamás volveré a este sitio; ¿Por qué me tuvo que pasar a mi esto? Hubiese sido mejor que el desastre me llevase a mi también. Y ahora ¿cómo me enfrento a mi Tía? ¿Qué le escribo a mis abuelos en el país?

La Tía no ha pensado a las siete y treinta de la noche del frío invierno en llamar a la Policía, pues le falta una de sus compañeras de trabajo por llamar para ver si Mariíta está con ella, pues la Tía sabe los pleitos y gritos que le armó esa mañana, porque los 'trastes' amanecieron sucios y llenos de cucarachitas y que entre los sobrantes pasaron la noche en la estrecha cocina del apartamento y además porque los ratones no la dejaron dormir toda la noche; pensando que María, hastiada de sus pleitos y gritos se fué con esa compañera de trabajo de la Tía, quien espera hasta la última hora.

“I’ll have to cook today after such a long time that I don’t, just because of this arrogant and disobedient little one; thinks the aunt while she prepares the seasoning for the rice with chick peas and cooks the fried pork chops, interrupting to look out the window that leads to the fire escape that faces Tinton Avenue and tries again her coworkers telephone number where she was convinced María would be.

María with her body and soul frozen, can bearly climb the stairs up to the fifth floor her thoughts terrorizing her and her feelings torturing her. Some times she thinks it was destiny and other times that she is guilty for believing in her mental fantasies and trusting in two pieces of flesh with eyes whom she belived to be her friends.

Facing the apartment door she stops and thinks ‘what will I say; where have I been, with who?’-woe is me! My aunt’s shouting; what a disgrace! -But she is a woman; maybe she’ll think something else. No. What I’ll do is not to say a thing. ‘I got crazy with some friends and we got lost at third Avenue and a policeman returned us home.

María perks herself up with her well thought up story when she opens the door. Plays her role of being super frightened by this odessy of being lost and along with her story releases some of the real fear and shame that she carries inside, like a wound that doesn’t heal, that makes her, hate school and convinces the nagging aunt that the best thing would be to work to help her and to send the grandparents something in the old country, since there is a lot of danger in school and the kids are picking on me and they treat me like a dog.

Aunt, says María; you can’t imagine, that school is worse than the zoo because in the park the animals are locked up but at the school they are loose. Please aunt, she says, days latter and kneeling: ‘Don’t force me to go to that school, I’m afraid something will happen to me and then you’ll feel guilty. Better you talk to your boss and tell him that under your responsibility I will clean the dresses with the scissors on the floor and then I could learn to iron. Please aunt, you know, please; she begged.

-Tendré que cocinar hoy, después de tanto tiempo que no lo hago, solo por esta chiquilla soberbia y desobediente, piensa la Tía, mientras prepara el sazón para el arroz con guandules y chuletas fritas que cocina, interrumpiendo de vez en cuando para mirar por la ventana del escape de fuego que daba a la avenida Tinton mientras intenta de nuevo el teléfono de su compañera de trabajo donde se había convencido que estaría María.

María con el cuerpo y el alma congelada, a penas puede subir hasta el quinto piso. Sus pensamientos la aterrorizan y sus sentimientos la torturan pues aveces piensa que fue el destino y otras veces que fue culpable por creer fantasías de su cabeza y confiar en dos pedazos de carne con ojos que creyó ser sus amiguitos.

Frente a la puerta del apartamento se detiene pensando "¿Qué le digo, dónde estaba, con quién andaba? Ay! Los gritos de Tía, qué desgracia! Pero ella es mujer, talvez piense otra cosa, No. Lo que voy hacer es no decirle nada, me embullé con unas amigas, y nos perdimos por la tercera Avenida y un Policía nos trajo de nuevo a la casa.

Se anima con su cuento bien inventado, a abrir la puerta. Hace su papel de super asustada por la odisea de haberse perdido y junto con su historia descarga un poco del verdadero susto y verguenza que lleva por dentro, como una herida sin curar que le obliga a detestar la escuela y convence a la Tía peliona que lo mejor es si se va a trabajar para ayudarla y para enviarle algo a sus abuelos al País, pues en la escuela hay mucho peligro y los muchachos le han cogido conmigo y me tratan como si fuera una perra.

Tía, le dice, usted no se imagina, esa escuela es peor que el zoológico porque, en el parque los animales están encerrados pero en la escuela están sueltos. Por favor Tía, le dice; días después arrodillándose; 'No me force a ir a esa escuela, tengo miedo que me pase algo y después usted se va a sentir culpable' Mejor háblele al boss y dígale que bajo su responsabilidad yo voy a limpiar los trajes con la tijera en el piso y luego yo aprendo aunque sea a planchar. Please Tía, you know, please; le rogaba.

The aunt was more interested in the dollars that her niece would have to give her, plus her time at home to try to terminate with the mice and roaches, and says, "well, if what you want is to be dumb like a donkey's leg, it's your decision. Stay today and I am going to talk with the boss, to see if he will let you go tomorrow.

María starts her first job, leaving school, which everytime she remember, would cause her nausea and an uneasy feeling in her gutts.

The next day María gets up early, everything was clean in the kitchen. She washed the dishes thinking in the end of the escape of her shame at school and to arrive at the factory with her aunt. The welcoming from all the other workers is laud, since they all remember her when she was small, sitting next to her aunt's machine. The oldest ones tell the newest at work, who María is. Meanwhile the foreman is giving instructions to Consuelo, who is hardly fourteen years old and already has experience on the floor, doing the job of cleaning dresses that are sewn in the factory; to train María.

Consuelo and María become good friends. Conci, as María starts to call her; was more fortunate. While crossing the dessert when her parents were coming from their country, only her father the foreman, remained, when her mother fell dead due to inanition. They had to bury her in the sand.

Mari, says Consuelo to María one day, while they ironed some dresses for her father's woman. "It is three years that we have been here in this factory and we talk about everything but love, you know, of boys! We look like two little animals stuck in this boring factory where everything looks like a piece of cloth and nothing else. What do you think if on the weekend we tour around the park, because darn Mari, not everything should be rags and humming machines.

La Tía que le importaba más los dólares, que la sobrina tendría que darle y más su tiempo en la casa para tratar de acabar con los ratones y las cucarachas, le dice: "Pues si tú lo que quieres es ser bruta como la pata de un burro, es tu decisión. Quédate hoy y yo voy a hablar con el boss, para ver si te deja ir mañana.

María empieza su primer trabajo, dejando la Escuela que cada vez que recuerda le causa náuceas y revoltillo en las tripas.

Al siguiente día María se levanta temprano, todo estaba limpio en la cosina. Fregó los platos pensando en escapar por fin de su verguenza en la Escuela y llegar a la Factoría temprano con su Tía. La bienvenida de todas las trabajadoras es una bulla, pues todas la recuerdan desde pequeña, sentada al lado de la máquina de su Tía. Las mas viejas le cuentan a las mas nuevas en el trabajo; quien es María, mientras el foreman le da las instrucciones a Consuelo, que a penas tiene catorce años y ya tiene experiencia en el piso, haciendo los trabajos de limpieza de los trajes que cosen en la factoría, para que entrene a María.

Consuelo y María se hacen íntimas amigas. Conci, como la llama María, fué mas afortunada, puesto que en el cruce del desierto cuando sus padres venían del País, le quedó solo su padre, el foreman, cuando su madre calló muerta por inhanición y tuvieron que enterrarla entre la arena.

Mari; le dice un dia Consuelo, mientras planchaban unos trajes para la mujer de su padre. "Ya tenemos tres años metidas en esta factoría y hablamos de todo menos del amor, tu sabes, de los chicos. Nosotras parecemos animales metidas en esta aburrida factoría donde todo parece un pedazo de trapo y nada mas. ¿Qué te parece si el fin de semana damos una vueltita por el parque, porque; caramba Mari, no todo debe ser trapos y sumbido de máquinas!

-Consi, please, we are friends. Isn't it sufficient that we talk and work together? Life is nothing more than rags and machines, girl. Do not think in the wicked men. Don't you see in the soaps how we always come out losing. Do not believe in men they are all sons of… (Consuelo's father comes near because he hears Marías' conversation in a loud voice, and a little agitated at Consuelo's mention of boys)

María covers her mouth and does not finish the expression that she brings from tne most bitter corners of her heart, against all men.

Consuelo is so insistant with María that they go out to conquer and the two girls start to go out on weekends and even party at Happy Land, a club for Hispanic people where they meet other youth that share their same bitterness and deceivement.

One of these nights of escape and dissipation, a man with the appearance of a mature man and more or less serious, wants to teach her how to dance and taking advantage of an overlook of María dropped a chemical component in the drink and takes María with him, after leaving Consuelo at her house saying that he will take María to her aunt's house, and of that night of madness that she cannot understand, results the anxiety and the terrible worry of being late this month and passing the twenty eight which had never happened since her period was always normal.

But what did I do to you Mari? Asks Consuelo. It's been days now and you have turned mute and you avoid me. I see you sort of weird, strange, what's the matter? -Oh Consi; to a sore finger everything goes. I really do not know if it's my nerves or if that guy really disgraced me, but to me I think that I am… (her looks and body language demonstrates her anguish, thinking she is pregnant)

-What? That you are what? Mari, for God's sake don't play with that.

-Well, look I have never been late. Today is the thirty first and I was waiting for the twenty eight.

-Ave María, Mari. And what are we going to do?

-Consi, por favor, nosotras somos amigas. ¿No te es suficiente con que hablemos y trabajemos juntas? La vida no es mas que trapo y máquinas, hija. No pienses en los malvados hombres. Tu no ves en las novelas como siempre salimos perdiendo. No creas en hombres, todos son unos hijos de... (viene acercándose el padre de Consuelo porque escucha la conversación de María en alta voz, que se agitó un poco por la mención de chicos que hizo Consuelo.) María se tapa la boca y no termina la expresión que traía desde los rincones más amargos de su corazón en contra de todos los hombres.

Ir de fiesta en el Hapy Land, un club de gente hispana donde conocen jóvenes que comparten sus mismas amarguras y desengaños.

Una de esas noches de escape y disipar; un hombre con apariencia de hombre maduro y mas o menos serio, quiere enseñarle a bailar y aprovechando un descuido de María le hecha un componente químico en la bebida y se lleva a María, después de dejar a Consuelo en su casa diciendo que llevaría a María a casa de la Tía y de esa noche de locuras que no llegó a comprender, resulta la ansiedad y la terrible preocupación de haberse atrazado ese mes y pasarse del día veintiocho que nunca le había sucedido puesto que su regla siempre fue normal.

Pero y ¿Qué es lo que te hice Marí? Pregunta Consuelo a María. -Hace días que te has vuelto muda y me estás evitando. Te veo como rara, extraña, ¿Qué te pasa?

-Hay Consi; Al dedo malo todo le va. Yo realmente no sé si son cosas de nervios míos o que en verdad ese tipo me desgració, pero a mí me está que estoy... (su mirada y lenguage del cuerpo demuestra su angustia, pensando que está embarazada)

-¿Qué? ¿Qué tú estás qué? Mari, por Dios no juegues con eso.

-Pues fíjate que yo nunca me he atrazado. Hoy estamos a treinta y uno y yo esperaba para el dia veintiocho.

-Ave María, Mari. Y qué vamos hacer?

-Well, face the reality of life; if it has been this way, there is no other remedy.

Consuelo thinks about the aunt. About her father. Remembers the guy that took them from the party and she smiles.

-Mari, but if is from that man that took us home that night, he seems like a responsible man.

-Consi; You are crazy! Not even playing you tell me something like that. Without one knowing the person and without affection, one should never come together and even less, when one has met at a party like that. And besides, Consi, one thing I am sure of, that I am, and it has to be his, because it cannot be by an act of grace.

-Bueno, enfrentar la realidad de la vida; si ha sido así, no hay otro remedio.

Consuelo piensa en la Tía. Piensa en su Papá. Se recuerda del tipo que las trajo de la fiesta y se sonríe.

Mari, pero si es de aquel señor que nos trajo la noche, él parece un hombre responsable.

-Consi. Tú estás loca! Ni de juego me diga cosa igual. Sin uno conocer esa persona y sin cariño, nunca uno debe juntarse con nadie y menos con uno que una conoce en una fiesta. Además, Consi. De una cosa estoy yo segura que si estoy, tiene que ser de él, porque, por obra y gracia no puede ser.

Birth of José

José was born at Jacoby medical Center, without his father knowing it but because he looked so much like his father that María's conscience was remorsefull, plus the advice of Consuelo, lead her to find him and present his son to the man that through deceivement, brought this creature to the world.

The man was insane with happiness. He lived alone in a room where the furniture was supplied by the owners of the building and the bathroom was a community bathroom for those that lived on this floor.

Mari, the man told her; this is the prettiest gift that the hevens has granted me. You don't know how much I had desired to have a son. I never dreamed that I would have a son that would look so much like me. You have to give me the opportunity to raise our son. Come with me and I will make you the happiest woman of the world.

When María opened her mouth to dash him a flat no. The man placed the hand gently over her mouth and said: María, do not answer me now. Please think it over. Talk it over with your aunt.

Tell Consuelo your friend. But please give me the chance. Let me take you home with my son. What name did you give him?

-José like his grandfather that died in the natural disaster in my country of origin.

-How pretty! José, my Josesito. You will see, we will raise him together and be happy.

María looks at emptiness as if she could see the future and full of fear it was better to say nothing, because she did not want to scare the child. The man took her home. He kisses the hand of the child and María enters her aunt's house, to tell her the offers of the father of José.

Nacimiento de José

El nacimiento de José es en el centro médico Jacoby, sin que lo supiera su padre, pero salió tan parecido a él que la conciencia remordía a María, mas los consejos de Consuelo la llevan a buscarlo y presentarle su hijo, al hombre que por engaño trajo una criatura al mundo.

El hombre se pone loco de contento, vive solo, en un cuarto que los muebles son suplidos por los dueños del edificio y el baño es común para los que viven en ese piso.

Mari; le dice el hombre. Este es el regalo mas lindo que jamás el cielo me ha concedido. No sabes cuánto había deseado tener un hijo. Nunca soñé que tendría un niño que se pareciera tanto a mi. Tú tienes que darme la oportunidad de criar a nuestro hijo. Vente conmigo y te haré la mujer mas feliz del mundo.

Cuando María abre su boca para estrallarle un no redondo. El hombre le pone suavemente la mano sobre la boca y le dice: 'María, no me constestes ahora. Por favor piénsalo. Háblalo con tu Tía.

Dile a Consuelo tu amiga. Pero please, give me the the chans'. Déjame llevarte a tu casa con mi hijo. ¿Qué nombre le pusiste?

-José como su abuelo que murió en el desastre natural que ocurrió en mi país de origen.

-Qué lindo! José, mi Josesito. Tú verás, lo vamos a criar juntos y seremos felices.

María mira al vacío como si viera el futuro y llena de temores mejor no dice nada, pues no quiere asustar al niño. El hombre la lleva a la casa. Le da un beso en la manito al niño y María entra a casa de su Tía, para contarle todas las ofertas del padre de José.

The aunt, who was already tired of the cries of the little one that did not let her sleep, advised María to try, and if it was not convenient to decide afterwards.

Consuelo also tells María to give her son the father's name so that when he is big he will not hold it against her.

After so much insistence from the man in all those days, María wanted to meet the family of the father of her son.

The fellow sets up a play with some drinking friends acting as his sisters and he tells her that he was left orphaned being little.

The aunt, María and Consuelo all buy the story and believe the whole theater.

María moves with the man to his room with the small José and then he starts to show his spurs.

The first night that he arrives drunk like a dog, he picks that the child was screaming too much. The man does not let María sleep all night, obligating her to keep the child in her arms while he searches for his sleep that the beer had robbed him.

María, in the shadows of the deadbeat room paced with her child in arms and all kinds of thoughts went through her head.

'Oh my God! She thinks; could it be that this one is drinking all the time? If this child grows up and his father is an alcoholic what will be of his future? but tomorrow I'll put the dots over the I's and I'll give it to him. Get someone else for a fool look, keeps thinking María. He told me he had a good job and it seems the blessed, lives off the government. What have I gotten myself into? Thought María while she paced from one corner to the other in the room.

La Tía, ya está cansada de los gritos del chiquillo que no la deja dormir. Le aconseja que trate, y si no te conviene decide luego.

Consuelo también le dice a María que le de a su hijo el apellido de su padre, para que cuando esté grande no se lo saque en cara.

María, después de tanta insistencia del hombre en todos esos días quiere conocer la familia del padre de su hijo.

El tipo le monta un papel con unas amigas de trago haciéndose pasar por sus hermanas y le dice que se quedó huérfano estando pequeño.

La Tía, María y Consuelo compran el cuento, creyendo todo el montage.

María se muda con el hombre a su cuarto junto con el pequeño José y entonces comienza el hombre a sacar las espuelas.

La primera noche que llega borracho como un perro, le da la borrachera con el niño que dice 'berrea demasiado' El hombre no deja dormir a María en toda la noche; obligándola a mantener al pequeño en los brazos mientras busca el sueño que le robó la cerveza.

María, en la penumbra del cuartito de mala muerte, se pasea con su niño en los brazos y le pasan por la cabeza todas las clases de pensamientos.

-Hay Dios mío!, piensa; si será que éste se la pasará bebiendo todo el tiempo. Si este niño crece y su padre es un borracho. ¿Qué será de su futuro? Pero mañana le pongo los puntos sobre las íes y se la canto. A cojer a otra de boba. Fíjate, sigue pensando María; me dijo que tenía un buen trabajo y el bendito parece que vive del gobierno. ¿en qué yo me habré metido? Piensa mientras da paseitos de un rincón a otro en el cuartito.

When the following day he gets up finally at noon, María wants to complain and she meets with a rustic hand, full of calloses and harder than stone, that stopped at her fragil lip acompanied by some verbs and pronouns bigger than the building.

-You're not my father vagabond; Shouts María, while cleaning her own blood that spouts from a broken lip.

-I only had one father and he was taken from me by a natural disaster before I knew him and my grandparents never hurt me, so that you could come and abuse me this way. Are you crazy?

-Just so you know, he responds; here I am the man, and that one was only so you get the idea. No more questions, no more protests. You do what I say when I say it and the way I feel like it. O.K.? and what's more, come here right now that I need you.

While he pulls her by the dress, the child screams on the couch where he sleeps.

Passing through María's mind is a rapid movie of the closet at school and she relives the memories and fury all the bitterness reenters into her and she turns into a leoness. This is her first dispute, her first release. The broomstick and the mop end up in pieces. The man had to tie her with a rope he had to pull his friends cars, that every now and then he fixed to get money for the beer because he could not hold a job either.

José spends five years in that hell, they break up and they get together again. Each time that María leaves the bedroom, the guy stops drinking and buys flowers. He goes to The Salvation Army and buys himself an old pancho, with the sleaves covering his fingers and becomes meek like a little chicken, until he gets her back.

Cuando se levanta al otro día por fin, al medio día el hombre; María quiere reclamarle y se encuentra con una mano rústica, llena de callos y mas dura que una piedra, que se detuvo en su fragil labio acompañada de unos verbos y pronombres mas grandes que el edificio.

-Tú no eres mi padre, mangansón. Le grita María, mientras limpia su propia sangre que brota del labio roto.

-Yo solo tuve un padre y me lo quitó un desastre natural, antes que pudiera conocerlo y mis abuelos nunca me golpearon, para que vengas tú a abusar de mi de esta manera. ¿Tu estás loco?

-Pues para que tú sepas, le responde él, que aquí el macho soy yo, esa solo fue para que te enteres. No más preguntas, no más reclamos. Usted hace lo que yo diga, cuando yo diga y como a mí me dé la gana. O.K.? Y es mas, ahora mismo venga que la necesito.

Mientras la tira del vestido, el niño grita en el sofá donde dormía.

Le pasa por la mente a María una película rápida del closet de la escuela, se le reviven los recuerdos, se le mete la furia de toda su amargura y se convierte en una leona. Es su primer pleito, su primer desahogo. Los palos de la escoba y del mapo terminan hechos pedazos. El hombre tuvo que amarrarla con un lazo que tenía para remolcar los carros de sus amigos, que de vez en cuando arreglaba para conseguir dinero para la cerveza, puesto que tampoco se aguantaba en un trabajo.

José cumple cinco años en ese infierno, ya se dejan y ya se juntan de nuevo. Cada vez que María se va del cuarto. El tipo para la bebida y compra flores. Se va al Salvation Army y se compra un pancho viejo, que las mangas le tapan los dedos de las manos y se vuelve manso como una pollita; hasta que la consigue de nuevo.

The last time they got together again is because of a lady's intervention, she passes herself of as his sister. She finds María at the medical center one day when she takes José who'fell down the stairs' ¿you know? Nothing can be said, because right away one is a suspect and they take your son away from you, and they can arrest you.

-Oh! Girl, lamented the lady, if you could see your husband, the way he walks, it's sad, he looks like a bum, it's been weeks since he took a bath, and all he tacks about is how guilty he is for having lost you and not being able to see his son. I know he has mistreated you badly, but all in all he is the father of your son, and how destroyed he looks; maybe in a different environment, he will change. Why don't you give him an opportunity, and tell him to move to another state? Who knows he may straightened out.

María, puts her dead down, looks at her son who is already five years old and thinks how hard it is to raise a boy in New York, and then ask the lady: '¿Do you velieve he will change? I feel that he is already a twisted tree and no one can straightened him.

The lady charge María so much and paints such of a sad picture of desperation, that María again falls in the trap of getting together with the man, with the condition that they move from New York to another state, in search of new horizons and this would be the last opportunity.

When they meet again, he promises her villas and castles and she doesn't believe him, but she tells him: 'I have already told you to take us out of New York and get an apartment prepared with everything, I will give you the last, but you know, the last opportunity and don't ever expect me to sleep with you in New York. If you want to be with me, you will have to wait until you take me away from here.

La última vez que se juntan otra vez es por la intervención de la señora que se hizo pasar por su hermana y que se encuentra a María en el centro médico un día que lleva a José que 'se calló por la escalera, ¿usted sabe? No se puede decir nada, porque seguida una es sospechosa y le quitan a uno su hijo, y hasta presa se llevan a uno.

Ay! Hija; se lamenta la señora, si vieras a tu marido, cómo anda, da pena, parece un bon; debe tener semanas que no se baña, y todo lo que habla es de la culpa que siente por haberte perdido y el no poder ver a su hijo. Yo sé, que se ha portado malísimo contigo pero de cualquier manera es el padre de tu hijo y como se ve de destruido; talvez si cambian de ambiente, el cambia. ¿porqué no le das una oportunidad, y le dice que se muden para otro estado, quién sabe talvez, se arregla.

María, baja la cabeza, mira a su hijo ya de cinco años cumplidos y piensa lo duro que es criar un varón en Nueva York y le pregunta a la señora: '¿usted cree que se arreglaría? A mi me parece que ese ya es palo torcido y no hay quien lo enderece'

La señora le reconviene tanto y le pinta un cuadro tan triste y desesperante, que María vuelve a caer en la trampa de juntarse con el hombre, con la condición de que se muden de Nueva York para otro estado, en busca de nuevos aires y que sería la última oportunidad.

Cuando se encuentran otra vez, él le promete villas y castillos y ella no le cree nada, pero le dice: 'Ya te dije, si me sacas de Nueva York y me preparas un apartamento de un todo, yo te doy la última, pero sabes, la última oportunidad, y no esperes que me acueste contigo jamás en Nueva York. Si quieres estar conmigo tendrás que esperarte hasta que me saques de aquí.

The man breathed deep, stands up closes his right hand and lets it fall on his chest as if it were a sledge hammer and on his knees promises her: 'This time yes, my dear; this time I promise you here on my knees:

-Things will be different. No more drinks, no more friends. We will go far from here, from this damned city and together we will search for new horizons. You will see that you will have a responsible man, a macho. You know María my dearest; since you left me this time, I have not been a human being; and now new hopes are born again, you will not regret it.'

With this contract signed by Maríe pity and the promise of the man on his knees, they part.

Days later the man arrives at the door of the place where María has been staying; a place for abused women, where she sleeps in a big room with her son, across from the beds of other women victims of the same luck. The people encharged asked maría if she wanted to see that guy and she comes out to see what he wants.

My havens! He shouts, (María, motions him to lower his voice and gestures with the hand, that the other women get close to the wall to hear what one is saying)

The man lowers his voice and whispers secretly: ' I have the place, an apartment, with two bedrooms, one for the boy, and one for us. It has a private bath and a kitchen that thou the cabinets are not new, but they are well painted.

-Where? Asked María.

In Connecticut, in a town called Bridgeport, one hour from this hell. Far from my friends and your quarreling aunt, he said.

And how are we going to eat and buy the things for the boy?

Do not worry, I already found out that over there they give more help than here, and we put my clothes in a secret closet, so that when the social worker comes, everything comes out right; you know? What you have to tell them is that I am black with grey beard and since I'm lightskin and without grey hair, or beard, there are no problems.

El hombre respira hondo, se pone de pie, cierra la mano derecha y la deja caer sobre su pecho como si fuera un marrón y le promete de rodillas:

-Esta vez sí, mi cielo, esta vez te prometo aquí postrado, que las cosas serán diferentes. No mas tragos, no mas amigos. Nos vamos lejos de aquí de esta maldita ciudad a buscar juntos nuevos horizontes, y tú verás que, tendrás un macho de hombre responsable, tu sabes María, de mi alma, desde que me dejaste esta vez, no he vuelto a ser gente; y ahora me nacen las esperanzas de nuevo, no te arrepentirás.

Con ese contrato firmado por la pena de María y por la promesa del hombre puesto de rodillas, se despiden.

Varios días después, llega el hombre a la puerta del alvergue donde se está quedando María; un sitio para mujeres abusadas, donde duerme en un salón grande con su hijo, frente a las camas de otras mujeres víctimas de la misma suerte. Le pregunta a María si quiere ver a ese tipo y ella sale a ver qué quiere.

-Mi cielo! Le grita. (María le hace señas que baje la voz y le gesticula con la mano, que las otras mujeres se acercan a la pared para oir lo que uno habla)

El hombre baja la voz y le susurra secreteándole: 'Ya tengo el sitio, un apartamento, con dos cuartos de dormir, uno para el niño y otro para nosotros; tiene baño privado y una cocina que aunque los gabinetes no sean del año, pero están bien pintaditos.

-¿Dónde? Le pregunta María.

-En Connecticut, en un pueblito que se llama Bridgeport, una hora fuera de este infierno. Bien lejos de mis amigos y de tu peliona Tía, le dice.

-Y ¿Cómo vamos a comer y a comprar las cosas del niño?

-No te preocupes, ya yo averigué y allá dan más ayuda que aquí, así que te metes en welfare, sabes la ayuda pública; les dice que yo no estoy y ponemos mi ropa en un closet secreto para cuando valla la trabajadora social todo pase bien, sabes? Lo que tienes que decirles es que yo soy color negro con barba canosa y como soy clarito sin canas ni barbas, no hay problemas.

Well, reply María. You know everything! ¿When do we go? María ask (with her arms crossed and as if looking at infinite).

Tonight I will come for you and I will have everything in the truck that I have already rented.

Two month after moving to Bridgeport María and her husband they are like cat and dog. The arguments increase each time the check gets home. María wants to buy sufficient food for the whole month and the husband wants to keep half in cash to be able to play his numbers in the lotto and try his luck and also to drink his bear in hiding.

To avoid fighting each first week of the month, María's husband prepares the backyard of the building, talks to the lady owner and starts to repair cars in the backyard, to make his own money for his habit and no to boder his wife whom all the time threaten with going to the department of welfare and getting a restraining order so he could lieve her in peace.

Weekend nights María spends the time in front of the window to see if he was coming drunk to be able to defend herself from the first blows as he comes in.

One of those nights after a few years as she see the stars in a moon night, she thinks: '¿What will be of my life and that of my son? He is a big boy now, next year he is going to school and this man do not change. The kids so innocents, they say everything. Lettle José goes to school and tells the Teacher that this man had hit us and the government inspectors come and take my peace of heart and this guy goes to jail one or two days and I stay without my son and with this mad in this city, not to be worth a straw. What am I going to do with my life? And Consi so faraway, if she would've have a telephone I would've call her now. But gracious me! Worring with something that have not even happen. What a fool! Or may it be that the stars are advising me?

-Bueno, replica María. Tú como que te la sabes todas! ¿Cuándo nos vamos? (Mientras cruza los brazos y mira hacia el lado como viendo al infinito)

-Esta noche vengo por tí y tendré todo en el camión que ya lo tengo rentado.

Dos meses después de mudarse a Bridgeport María y su marido, parecen perro y gata. Las discuciones aumentan cada vez que llega el cheque. María quiere comprar comida suficiente para el mes y el marido quiere dejar la mitad en efectivo para poder jugar su numerito de la loto y probar su suerte; también para darse su cerveza escondido.

Para evitar los pleitos cada primer semana del mes; el marido de María se prepara el patio del edificio, habla con la dueña de la casa y comienza a reparar carros en el patio, para hacer su dinerito para el vicio y no molestar a su mujer que cada vez lo amenaza con ir al welfare y buscar una restricción legal para que él la deje en paz.

Las noches de los fines de semana se las pasa frente a la ventana esperando ver si venía borracho para poderse defender de los primeros fundazos que le tira al llegar.

Un día al pasar los años mientras mira las estrellas en una noche de luna, piensa: '¿Qué será de mi vida y de la vida de mi hijo? Ya está grandecito, el año que viene va a la escuela y este hombre no cambia. Los niños tan inocentes, lo dicen todo. Y va Josesito a la escuela y le dice a la Maestra que este nos pegó y vienen los inspectores del gobierno y me quitan mi pedacito de corazón y yo me quedo, sin pito ni flauta. ¿Qué voy hacer con mi vida? Y tan lejos que está Consi; si ella tuviera teléfono la llamara ahora. Pero; qué caramba! Yo preocupándome de lo que todavía no ha pasado. Qué tonta soy! O será que las estrellas me están avisando?

The noice of her husband's quarrel opening the door brings María back from her journey into tomorrow from the window of her distress and she prepares for the battle. That night the fight with the drunken, is so big, that little José who is six and a half years old, wakes up and with a small toy gun that the chruch at the corner had given him as a gift, points it at his father and tells him let her go or I'll shoot you.

María hugged her son and kissed him with her swollen lips, and the drunk shook himself and as if momentarily has a lucid moment, he goes to the bathroom to strike the walls with his head cursing and confessing to himself that he is the meanest man in the world. In his drunken spree he blames himself for his misfortune and that of his family.

The following day his repentance is confirmed by the call from the owner of the house, who tells them that if the neighbors made another complaint about their fights, they would have to vacate the apartment.

María's husband promises to celebrate with a party José's seventh birthday and with that he calms her wish to get a restraining order at the police headquaters and in court.

José with his cap and his new suit bought at the Salvation Army, enjoys his birthday. "I'm already seven and soon will be a man. And that way I will not have to be in this old house, so ugly" those were his words as he blew the candles on the cake that María baked in the oven of the stove in her kitchen.

On Monday little José will go to school. María feels so anxious that she calls the school three times asking for the boy. She called her aunt whom she hadn't call in a long time. She asked for Consi and for the people in New York.

While her husband changes a transmission on an old car of an old man originaly from the country they both come from, whom he met on a party night.

El ruido del pleito del marido por abrir la puerta, la regresa a María de su viaje por el mañana, desde la ventana de sus sinsabores y se prepara para la batalla. Esa noche es tan grande el pleito con el borracho, que Josesito de seis años y medio de edad, se levanta y con un revolvito de juego que le habían regalado en la Iglesia de la esquina le apunta a su papá y le dice: 'Déjala o te disparo'

María se abraza de su hijo, lo besa con sus hinchados labios, y el borracho se sacude y como de momento tiene un instante de lucidez, se va al baño a golpear las paredes con la cabeza y a maldecirse y confesarse consigo mismo, el hombre mas malo del mundo. La borrachera le da con culparse de su desgracia y de la de su familia.

Al día siguiente su arrepentimiento es confirmado por la llamada de la dueña de la casa quien les dice que si los vecinos le volvían a dar otra queja de sus líos, tendrían que entregarle el apartamento.

El marido de María le promete celebrarle una fiestesita para el cumpleaños número siete de José y con eso le calma las ganas de buscar la orden de restricción en la Policía y en la corte.

José con su gorrito y su trajecito nuevo comprado en el Salvation Army, se la goza toda en el cumpleaños. "ya tengo siete y pronto seré un hombre. Y así no tendré que estar en esta casa vieja tan fea: esas fueron sus palabras al apagar las velas del bizcocho que María hizo en el horno de la estufa en su cocina.

El Lunes se va Josecito a la escuela. María se siente tan ansiosa que llama tres veces a la escuela a preguntar por el niño. Llama a su Tía que hacía mucho que no llamaba. Le pregunta por Consi y por la gente de Nueva York.

Mientras su Marido cambia una transmisión en un carro viejo de un viejito de allá del país de origen de ambos, que conoció una noche de parranda.

María feels something at the moment that is so strong that her heart wants to come out by her mouth. My Lord! She says ¿what is happening to me? I would like to know about my grandparents in the country back home; maybe something has happened to them and one doesn't know. No; they would have called me.

She feels a shiver through her body. She's frightened and thinks I'm getting a cold and it's the fever that has me like this. ¿what could it be?

Finally she decides to bather her husband to whom she didn't speak to because of what he did the night of the birthday party.

She goes to the yard and only sees her husbands feet stretched out from beneath the old Man's old car. She gets closer, calls him and he doesn't answer her. She goes around and when she looks, she lets out a scream, that forces the neighbors to look out the window. She sees the blood running from under the car. The neighbors come at María's signal, who stays in a state of shock.

They call the firemen. The police comes and when they lift the car, the transmission of the old car had inbedde itself in the husbands stomack and had spelled his guts, killing him instantly.

The wide part of the transmission fell on his mouth so he could not scream to ask for help, and the sharpest part opened his stomack.

In a state of desperation, the first thing María thinks of is her son, and she leaves running like crazy to school to get him. When she is able to compose herself a little in the office at school and explain what has happened, they bring little José, who opens his arms when he sees his mommy who holds him tightly to her chest sobbing.

-Mommy what's the matter? He hit you again? Tell me mommy what's the matter? The boy insists. The people in the office look at each other.

Lo que siente María de momento es tan fuerte que el corazón se le quiere salir por la boca. Dios mío, se dice; ¿qué será lo que me pasa? Quiciera saber de mis abuelos en el país. Talvez les pase algo y uno no sabe. Noo, pero me hubiesen llamado.

Le pasa un escalofrío por todo el cuerpo. Se asusta y piensa: Me irá a dar gripe y es la fiebre que me tiene así. ¿Qué será?

Al fín se decide a molestar al marido que no le hablaba desde lo que hizo la noche del cumpleaños.

Sale al patio y solo ve los pies del marido estirados fuera de debajo del carro viejo del viejito. Se acerca, lo llama y no le responde. Da la vuelta y al mirar tira un grito que obliga a los vecinos a asomarse por la ventana. Ve la sangre que corre desde debajo del carro. Los vecinos salen a la señal de María que se queda en estado de shock.

Llaman los bomberos. Viene la Policía y cuando levantan el carro, la transmición del carro viejo, se había alojado en la barriga del marido y le había derramado las entrañas, dándole muerte instantaneamente.

La parte ancha de la transmición le calló en la boca, por lo que no pudo gritar para pedir auxilio y la parte mas fina le abrió el vientre.

María en estado de desesperación, lo primero que piensa es en su hijo y sale corriendo como loca para la escuela a buscarlo. Cuando puede componerse un poco en la oficina de la escuela y explica lo que pasaba; le traen al pequeño José que abre los brazos al ver a su mami quien lo aprieta en su pecho sollozando.

-Mami qué tienes? Te pegó otra vez? Dime mami qué te pasa? Le insiste el niño. Las personas en la oficina se miran el uno al otro.

With hesitating words and with fear in her eyes, afraid of what could happen to her son when he hears the news, María starts to tell the little one that his father has gone to heaven and that he was no longer at home, and she wants him to understand.

Mommy, that he died is what your saying?

-Yes my son, she tells him with pain.

The boy is left with his emotions suspended momentarily. He looks at the open space and looks like he wants to cry, and laugh; the boy is left with his emotions suspended momentarily. He looks at the open space and looks like he wants to cry, and laugh; his feelings come together. He tightens his little hands into fists and seems to say with his eyes; how sad, while with his mouth almost expresses his gratitude towards heaven.

When they arrive home and see the old car that is being lifted by the towtruck that will take it from the yard, little José goes running and kicks the driver side door and says: Old car, you didn't let me take revenge when I grew up for all that he did to my mommy.

That was his anger. He already felt hate and vengeance. He already had the desire to be big. He wanted to save his mother from the sufferings and torments of her misfortunes.

That's the week in which they take José out of school to try to transfer him to another school. He starts to bite the other students and he behaves with rage like sudden impulses, and when Mr. Futuro arrives asking for him to offer him so many good things, he is no longer there.

María moves from the apartment because she can not sleep remembering the tragedy that happened at the place in the yard where her husband died.

Con las palabras entrecortadas y con el susto en los ojos, por temor a lo que pudiera sucederle a su hijo al saber la noticia; María comienza a decirle al pequeño que su padre se fué para el cielo y que ya no estaba en la casa y que ella quiere que él entienda.

-Mami, que se murió, es que tu dices?

-Sí hijo mío; le dice con dolor.

El niño queda con las emociones suspendidas de momento. Mira al vacío y parece querer llorar y parece querer reir. Se le juntan los semtimientos, aprieta los puñitos de sus manos y parece decir con los ojos; qué pena; mientras con la boca casi expresa agradecimiento al cielo.

Al llegar a la casa y ver el carro viejo que están enganchando a la remolcadora que lo llevaría del patio. Josecito va corriendo y le da una patada a la puerta del conductor y dice: 'Carro viejo, tú no me dejaste vangarme yo cuando creciera, todo lo que le hizo a mi mami"

Ese era su enojo. Ya sentía odio y venganza. Ya tenía deseos de ser grande. Ya quería salvar a su madre de los sufrimientos y tormentos de su desdicha.

Es en esa semana que sacan a José de la escuela para tratar de cambiarlo a otra, pues comienza a morder a los otros estudiantes y se comporta con impulsos momentaneos como de rabia y cuando Mr. Futuro llega preguntando por él para ofrecerle tantas cosas buenas, ya no está.

María se muda de apartamento porque no puede dormir con los recuerdos de tragedia que hay dentro del lugar y en el patio donde murió su marido.

At the other school because of his autbursts of anger José is given the nickname 'El Loco" by his villainy friends, the ones who one day plot with José to sit themselves in back of a girl each in mathematics class and take the laces from their sneakers and tie all the young girls in the class to the chair legs in a suttle manner. What a racket when they all got up from their chairs for the change of classes and dragged their chairs, some walked out of their sneakers and shoes, meanwhile the boys rejoice in a concert of laugh and loud mocking as they watch them trying to free themselves from the chairs.

Five Years pass:

One day the one boy they called the 'Máquina' shouted at José, "Loco! (because he had such luck getting the chick's, but he didn't last more than a hug with them, because of his brutal aggressivenes with them, and the females were afraid of him and they dumped him)

What's new? Asked Máquina; I am bored, weary and silent and I need something to perk me up. -What are you up to, Loco?

Nothing, Máquina, José answered. But yes, you would fall backward if I told you, my man. I am a genious. (José saids, as he opens and raises his arms.) In the chemical Lab.: the professor was inventing with some liquids, that if drops are combined, it seems to cause small explosions. Now, imagine; he tells as he puts his arm around his friend's back; what would happen if drops are combined and we place them in the cafeteria when the biggest group is in the lunchroom?

No Loco, but you truly are crazy. No one involves me in that package. I want to at least spend the year in school, because, if I'm expelled, I would have to work in the old mans' store, and I would rather come here to see the chicks. So you work it out the best you can and don't count with me on that one.

En la otra escuela José con sus arranques de cosas raras se gana el sobre nombre de "El Loco" por sus amigos de fechorías, los que un día se combinan con José para sentarse cada uno detrás de una de las muchachas de la clase de matemáticas y quitarse un cordón de sus tenis y amarrar todas las jovencitas de la clase a las patas de las sillas en forma disimulada. ¿Qué escándalo cuando todas se paran de sus sillas en el cambio de clases y se llevan arrastradas las sillas, mientras que a otras se les salen los tenis y los zapatos, en tanto los varones gozan de un concierto de risas y burlones ruidos que hacen ellos, al verlas tratando de soltarse de las sillas.

Pasados cinco años:

Loco! Le grita a José un dia el compañero al cual llamaban la 'Máquina' (porque tenía una suerte con las chicas para conseguirlas, pero no duraba más de un abrazo con ellas, por su brutal agresividad, y las féminas le cogían miedo y lo "dompeaban")

¿Qué tienes de nuevo? Le pregunta; estoy aburrido, enzorrado y silencioso y necesito algo que me dé ánimo; ¿qué te traes, Loco?

-Nada, Máquina, le contesta José. Pero sí te caerías para atrás si te digo, my men. Yo soy un genio (dice José, mientras sube y abre los brazos) En el laboratorio de química, la profesora estaba inventando con unos líquidos que si se convinan gotitas, parece que causan explosiones pequeñas, ahora, imagínate (le dice echándole el brazo por la espalda a su amigo) lo que sucedería si se combinan gototas y las ponemos en la cafetería cuando esté en la lonchadera el grupo mas grande?

-No Loco, pero tu de verdad que eres loco. En ese paquete no me envuelve nadie; yo quiero por lo menos pasar el año viniendo a la escuela porque, si me votan, tendría que trabajar en la bodega del viejo y para eso mejor vengo aquí a ver las chicas. Así que arréglatela tú como puedas y no cuentes conmigo en esa.

-Máquina, but how many of the one's that have dumped you will be having lunch? How many of the professors that have marked your F's in red will be there? And maybe even the "Pechudo" that took Maricela from you may be there showing her off; and you won't enjoy that one? Don't tell me that the Máquina now has gone with the chickens. (José lifts his elbows to do like the chickens, and make fun of Máquina's cowardice, and this one quicly, grabs José by the neck and squeezing tells him: Look Loco, I am not a chicken, and I'm going to prove it, What has to be done? Let's go Loco; When is the explosion?

The day of the chemical explosion that El Loco invented, not a window remained on the first floor of the school that didn't crumble, four students are taken to the emergency room in a state of shock, a male and a female professor had to bathe and change their clothes at the school, one of the secretary in the principals office had a nervous attack. The disaster is so big that the school security thinks it was an act of a foreing terrorist responsible for such violence.

After the investigation, El Loco and La Máquina, are permanently explelled as co-authors of the worst disaster ever to happen at a state school, since a week later a female student committed suicide and a senior male professor died as a result of the incident.

-Máquina, pero cuántas de las que te han dompeado estarán lonchando? ¿cuántos de los profesores que te han marcado en rojo las fs estarán ahí? Y quezás hasta el "Pechudo" que te quitó a Maricela, esté ahí luciéndosela, y tú, ¿no vas a gozarte esa? No me digas que ahora la Máquina se fué con los chiken. José levanta los codos para hacer como los pollos y burlarse de la covardía del "Máquina" y éste se apresura, lo agarra por el cuello y apretándolo le dice: "Mira Loco, yo no soy un chiken, yo te lo voy a demostrar; ¿qué es lo que hay que hacer? Vamos Loco; ¿cuándo es la explosión?

El día de la explosión de químicos que inventa El Loco, no queda una ventana del primer piso de la escuela que no se volviera migagas; cuatro estudiantes son llevados en estado de shock a emergencia, un profesor y una profesora tuvieron que bañarse y cambiarse la ropa en la escuela. Una de las secretarias en la oficina de la principal, le dió un ataque de nervios. El desastre es tan grande que la seguridad escolar piensa que fue un acto terrorista extrangero el responsable de tal desafuero.

Después de la investigación son explusados permanentemente El Loco y El Máquina, como co-autores del peor desastre jamás acaesido en una escuela del estado, puesto que una semana después, se suicidó una estudiante y murió un anciano profesor como resultado del incidente.

José's trip to the Country

José's mother, María gets him ready with a bundle of clothes, and calls her grandparents in the Country, Don Federico, who they call Fede, and Doña Ruperta, who they call Rupi affectionately. A pair of elderlys very decent, very religious. They live in the country, in a half pueblo, small villa where they now have electricity and a public telephone that is in the small office at the Post Office and where one calls and is told to wait and they go to get the person at their home and they call you back when they arrive with the one you wish to talk to. She sends José to them, to see if the great-grandparents can teach him to respect, since she can not cope with the boy, who honoring his nickname commits worse insanities each time.

José is twelve years old when he is received by his great-grandparents, who on advise of their granddougheter, María José's mother, receive him with a sermon on how respectful they are and how they are going to help him change his crazy manners. José is so surprised by the total change of the surroundings that he said yes to everything, while he looks around at the modest house, where he would live in a country foreign to him.

Don Federico, proud in having a half gringo great-grandson at home, the following day goes out to show off the human trophy that North America sent him, and starts to introduce José to the neighborhood.

School vacations in the country starts the week after José's arrival. A boy older than José lives next door to the old people and is the one who runs the errands at the house; they become friends, but José becomes aware that the boy is a dunce, easily manipulated and makes him an object of his schemings. The dunce, sees in José the leader whose words are orders and does everything that José tells him.

José de viaje al País

María la madre de José, lo prepara con un bulto de ropa y llama a sus abuelos al País, a Don Federico a quien llaman Fede, y Doña Ruperta a quien llaman Rupi de cariño. Un par de ancianitos muy decentes, muy religiosos. Viven en el campo, medio pueblo de su país donde ya hay luz y un teléfono comunitario que está en la pequeña oficina de correos y donde uno llama y le dicen que espere, y van a buscar a la persona a su casa y llaman a uno de regreso al llegar con quien uno quiere conversar.

Les envía a José, para tratar que los bisabuelos lo ayuden a tomar verguenza, pues ella no puede más con el muchacho, que haciendo honor a su apodo, hace cada vez peores locuras.

Doce años tiene José cuando es recibido por sus bisabuelos, quienes por aviso de su nieta, María la madre de José, lo reciben con un sermón de lo respectuosos que son y como le van a ayudar a cambiar esa forma loca de ser. José, está tan sorprendido por el cambio total de ambiente, que a todo dijo sí, mientras mira los alrededores de la modesta casa, donde viviría en un país para él extraño.

Don Federico, orgulloso de tener un biznieto medio gringo en la casa; al otro día sale a enseñar el trofeo humano que le envió Norte América, y comienza a presentar a José en el vecindario.

Llegaron las vacaciones de las escuelas del país la semana siguiente de la llegada de José. Un muchacho mas viejo que José vive, patio con patio con los viejitos y es quien hace los mandados de la casa; se hacen amigos, pero José se dá cuenta que el muchacho es un bobolongo fácil de manipular y lo hace objeto de sus maquinaciones. El tonto vió en José el lider cuyas palabras son órdenes y hace todo lo que José dice.

One day they gathered dry leaves from the plantain and banana plants and they made two dolls with the leaves tied with a fine rope. The boys put the dolls under their beds without the dunce's parents and José's great grandparents being aware of it.

The grandmother finds it strange that the boys no longer want to accompany them in killing mosquitos while seated with the people between the house and the kitchen, waiting for nightfall to go to bed, instead they go to bed early, but always when looking at José's bed Doña Ruperta sees him covered and thinks: 'This boy misses his mother, since he is going to bed at the same time of the chickens, goes to bed early, the poor boy' What the old lady can't imagine is that who is covered is the leaf doll.

José and the big dunce leave through the window on the other side of the house and after doing and undoing in the center of town, return on tippy toes, going in through the window and substituing with their sweaty body of roaming, the doll that they kept under the bed.

One day José came shouting, grandpa Fede, grandpa Fede, the spotted rooster died!

Don Federico, looks at Doña Ruperta and says: 'Rupi, you go see if this boy clearly doesn't know when the animals are sleeping laying on the ground, because I'm tired and don't want to get up from this hammock, now,"

-No, no, grandma Rupi, interrupts José, running as if frightened towards the yard, 'the rooster died! I showed it to my friend and he left as if frightened, to his house; it is dead.

Fede; says the old lady, suddenly detained herself at the door; you go and find out what is going on with that rooster, who knows if the mule stepped on it.

Un día juntaron hojas secas de matas de plátanos y guineos y se fabricaron dos muñecos de hojas, amarrados con soga fina. Pusieron los muñecos debajo de la cama de cada uno sin que se dieran cuenta los padres del bobolongo ni los bisabuelos de José.

Le comienza a estar extraño a la abuela que los muchachos ya no quieren acompañrlos a matar mosquitos sentados con la gente entre la casa y la cocina, esperando la penumbra para acostarse después, sino que se acuestan temprano, pero siempre al ver la cama de José Doña Ruperta lo ve arropado y piensa: 'Ese muchacho le ha de hacer falta su madre, puesto que se está hechando con las gallinas, se acuesta tan temprano, el pobrecito.' Lo que no se imagina la anciana es que quien está arropado es el muñeco de hojas.

José y el tonto mangansón se salen por la ventana del otro lado de la casa y después de hacer y deshacer en el centro del pueblo, regresan en punta de pié, entrando por la ventana y sustituyendo con su sudado cuerpo de vagabundo, el muñeco que guarda debajo de la cama.

Buelo Fede! Buelo Fede! Vino diciendo a gritos, José un día, 'el gallo pinto, se murió!

Don Federico, mira a Doña Ruperta y le dice: 'Rupi, ve tú a ver si es que este muchacho de lo claro, no sabe cuando los animales están durmiendo hechados en la tierra, que yo estoy cansado y no me quiero parar de esta hamaca, ahora.'

-No, no, buela Rupi; interrumpe José, corriendo como asustado hacia el patio, 'el gallo se murió! Yo se lo enseñé al amigo mío y el se fué como asustado para su casa; es muerto que está.

Fede; dice la viejita deteniéndose de golpe en la puerta; anda tú y averigua lo que pasa con el gallo ese, quien sabe si el mulo lo pisó.

Don Federico, thinks the worst and leaves ready to give the mule a couple of blows with a stick, if it killed the rooster that he had in fetter for the fight at the cockpit in town that weekend.

But as he got close to the fowl that was having it's last movements before death, he trips on a bloody spur. Don Fede takes it in his hands, looks at José, looks at Ruperta who waits at the door, and then he slams his hat on the ground. José realizes that the matter is not easy, and seeing Don Fede lift up the stick that he had for the mule and comes towards him, he starts running down the hill, screaming grandpa Fede, I didn't kill the rooster with the spur, it was not me.

The race of the wasted elderly desn't get past the Mango tree that is further on from the tamarind plant and José who even at night knows the trail, arrives at the river and seats on a rock, with his heart in his mouth, thinking, when will he return to meet with his mother.

The dunce from the yard who heard the commotion, comes running and explains how José wanted to be a rooster, putting on the spur and provoking the spotted rooster to fight to the death.

Mrs. Rupi, convinces her elderly husband not to make a scandal over a rooster, so the neighbors will not think bad things about the boy that after all, 'is your greatgrandson Fede' the elderly woman reminds him.

The suffocating old man asks Doña Ruperta for one of the pills that the doctor gave her to lower the blood pressure; he takes one of the pills prescribed for his wife with some coconut water of the ones the boys had nocked down in the morning.

José's pranks takes his friend to make real that 'Ill weeds grow apace'. Now there are two motives of mortification for the white straight hair that adorn the heads of the two tormented elderly.

Don Federico, piensa en lo peor y sale dispuesto a darle dos palos al mulo, si le mató el gallo que tenía en traba para la pelea del fin de semana en la gallera del pueblo.

Pero al llegar cerca del ave que daba los últimos aletazos de la muerte, tropieza con una espuela ensangrentada. La toma en la mano, mira a José, mira a Ruperta que espera en la puerta, y estralla el sombrero en el suelo. José se dá cuenta que el asunto no está fácil, y al ver que Don Fede levanta el palo que llevaba para el mulo y viene hacia él, sale corriendo monte abajo gritando, Buelo Fede yo no fuí que mató el gallo con la espuela, no fuí yo!

La carrera del gastado anciano no pasa del mango que está mas allá de la mata de tamarindo y José que ya hasta de noche se sabe el camino, llega al río y se sienta en una piedra, con el corazón en la boca, pensando cuándo regresará para encontrarse con su mamá.

El tonto del patio que oye, el revolú, viene corriendo y explica cómo José quizo hacer de gallo, poniéndose la espuela y provocando al gallo pinto a pelear, hasta darle muerte.

Doña Rupi, convence su anciano esposo a no hacer escándalo por un gallo, para que los vecinos no piensen cosa mala del muchacho que después de todo, 'es tu biznieto Fede' le reconviene la Señora.

El zofocado viejito le pide a Doña Ruperta una de las pastillas que le dió el médico para bajar la presión, y se toma una de las pastillas recetadas a la esposa, con una agua de coco de los que los muchachos tumbaron en la mañana.

Las travesuras de José, sacaron del tiesto al vecinito y ya son dos los motivos de mortificación de las canas lacias que adornan las cabezas de los atormentados ancianos.

The cup runneths over when one early morning Rupi, gets up to take one of the new pills that Maria her granddaughter, sent her from the States, to see if she could calm her heart that seemed to gallop, and at the moment that the pill is going down with the water, she sees from the corner of her eye the shadow of someone that comes through the window on the other side of the house, in between the shadows. The suspicion detains the swallow and the pill between heaven and earth. When she finally is able to swallow, she hurries to take the light of the lantern that she has in her hand, towards José's bed, not wanting to turn on the light and awaken her exhausted husband.

What a surprise she had, when she sees José standing in front of the bed, and at the same time sees another body covered in bed.

With the blow and moan of the old lady as she falls to the floor passed out, Fede, her husband wakes up, and with the machete in his hand turns on the light that lights up both bedrooms.

This is when they discover the doll made out of banana and plantain plants leaves and the wonderings of their strayed great grandson.

After rubbing berrón/alcoholato on Rupi's forehead and neck and giving her camphor to smell, he helps her to bed and turns almost with a child's sobbing and pleads with José to prepare his bag because in the morning he will return to his mother to 'New York'.

La copa se rebosa cuando una madrugada Rupi se levanta a tomarse una de las pastillas nuevas que le mandó María de los Estados para ver si puede calmarse el corazón, el cual le parecía galopar, y en el momento que va bajando el trago de agua con la pastilla, ve por la esquina del ojo el celaje de alguien que azoma por la ventana del otro lado de la casa, entre las sombras. La sospecha, le detiene el trago y la pastilla entre el cielo y la tierra; cuando al fín puede tragar, se apresura a llevar la luz de la linterna que tiene en la mano hacia la cama de José, por no prender la luz y despertar así a su rendido esposo.

Cual fué su sorpresa al ver a José de pié frente a la cama, y al mismo tiempo ve otro cuerpo arropado en la cama.

Con el golpe y el quejido de la anciana al caer al suelo desmayada, despierta Fede, su esposo que con el machete en la mano, enciende la bombilla que sirve para alumbrar los dos cuartos de dormir.

Es cuando se descubre, el muñeco de hojas de matas de plátanos y guineos y las andanzas del descarriado biznieto.

Después de pasarle berrón y alcolado por la frente y la nuca a la viejita Rupi y darle a oler alcanfor, el desconcertado esposo, la ayuda a acostarse en la cama y vuelve casi con sollosos de niño a rogarle a José que prepare su bulto que en la mañana se vuelve a donde su madre a 'Nueva York'.

Back from the Country

The young man who also lost the compassion of his loving great grandparents, when he returns to his mother's house has a letter in his hands.

"Dearest grand -daughter" (Says Fede the grand-father to María in the letter;) I don't know with what other race you bonded with or in what manner you conceived this child, but of one thing I'm sure, that I will never allow Rupi's grey hair nor mine be taken to the grave before the Holy Lord so decides, not by the mischief of this boy. My advise to you is to put him in a military school, and see if he becomes somebody.

Among the usual things in the brief correspondence of the old man, was the traditional blessing and warm greetings.

Mr. Future returns asking for José. He is told that finally José had returned from his family's country and he could find him at the intermediate school.

While Mr. Futuro prepares his great offerings to try to help José; over at the Academy Military style where his Mother took him looking to straighten, that same month, José who is approaching fourteen years of age, is being considered by a gang to be iniciated.

José's body went to the academy, but his mind is on the street.

When Mr. Future arrives and with dissimulation observes José with his invention of special laser rays that Mr. Future has to understand the people from a distance, from the inside, he realizes that the body of the boy whom he wants to help so much; goes one way, while the mind goes another way. Because in his especial artifact he can receive the waves emited by the brains' neurotransmitters of José through the electromagnetic field that surounds and vibrates around him.

Regreso del país

Una carta trae en las manos, el jovencito que también perdió la compación de sus tiernos bisabuelos, cuando regresa a casa de su Mamá.

"Queridísima nieta, (le dice Fede el abuelo a María en la carta) no sé con qué otra raza fué que te ligaste o de que manera concebiste esa criatura, pero de una cosa yo estoy seguro, que no permitiría jamás que las canas de Rupi y las mías sean llevadas a la tumba antes que el Santo Señor así lo decida, por causa de las travesuras de ese niño. Así que te aconsejo que lo metas en una escuela militar a ver si se hace gente"

Entre las cosas acostumbradas de la breve correspondencia del anciano, está la tradicional bendición y saludos afectuosos.

Mr. Futuro vuelve preguntando por José. Le dicen que por fín regresó del país de su familia y que lo podría conseguir en la escuela intermedia.

Mientras Mr. Futuro prepara sus grandes ofrecimientos para tratar de ayudar a José; en la academia estilo militar donde la Madre lo llevó en busca de que se enderece, ese mismo mes José que está por cumplir catorce años de edad, está siendo considerado por una ganga para ser iniciado.

El cuerpo de José va a la academia, pero su mente esta en la calle.

Cuando llega Mr. Futuro y observa disimuladamente a José por medio del invento de rayos laser especial que Mr. Futuro tiene para entender la gente por dentro desde la distancia y se dá cuenta que el cuerpo del muchacho al cual tanto quiere ayudar, va por un lado, mientras la mente anda por otro; puesto que en su artefacto especial puede recibir las ondas que emiten los neurotransmisores del cerebro de José por el campo electromagnético que rodea y vibra en su alrededor.

It becomes imposible for Mr. Future to find a moment in which the mind and body of José are united, to bring them to his house and show him all that he is saving for José, and decides to give him a little time; maybe further on he may find José.

"I'm leaving but I shall return' said Mr. Futuro hoping that some bad or good experience would make him come to himself, before it is too late.

The night of José's initiation to become a member of the gang arrives. He is nervous, but with the desire to learn the special greeting of the group. He thinks on the commentary's of some that did not pass the test because of what was done to them was so hard, but he realizes that to be able to survive in the neighborhood he has to belong to one of the groups, otherwise he'll be a victim of all; by not identifying with none, and that pushes him to seek refuge in the one group that offers him membership.

When he arrives at the agreed site slyly; suddenly three with masks surprise him, they hurry him to a van with tinted windwos and they leave like souls taken by the devil, going around different streets of the city. José looses his bearings of where he is. No one says a word.

In the van cassete they are playing erie music and when José opens his mouth to ask what is going on, one that looked like a chief gestures him to silence. The van stops and while two sustain him the other individual cover his eyes. They take him out of the vehicle and they take José through a place that José first feels rough and filled with something like gravel and later like grass. He hears dogs barking and young birds singing two take him by the arms almost lifted and the third places something like the barrel of a weapon with which he pushes him from the back.

Se le hace imposible a Mr. Futuro conseguir un momento en que la mente y el cuerpo de José estén unidos para llevarlos a su casa y mostrarle todo lo que guarda para José, y decide darle un poco mas de tiempo; tal vez mas adelante pueda conseguirlo.

'Me voy pero volveré' dice Mr. Futuro esperanzado en que alguna mala o buena experiencia lo haga volver en sí, antes que sea demasiado tarde.

Llega la noche de la iniciación de José para hacerse miembro de la ganga. Está nervioso, pero con deseos de aprenderse el saludo especial del grupo. Piensa en los comentarios de algunos que no pasaron la prueba por lo fuerte de lo que le hacen, pero se dá cuenta que para poder sobrevivir en el barrio tiene que pertenecer a uno de los grupos, sino, es víctima de todos, por no identificarse con ninguno, y eso lo empuja a refugiarse en el que le ofrece membresía.

Cuando llega al sitio acordado disimuladamente, de momento lo sorprenden tres con máscaras, lo apresuran a una van con cristales ahumados y salen como alma que lleva el Diablo dando vueltas por diferentes calles de la ciudad. José pierde la orientación de donde está. Nadie dice media palabra.

En la casetera de la van llevan música de suspenso y cuando José abre la boca para preguntar qué está pasando, uno que parecía jefe, le hace señas de silencio. La van se detiene y mientras dos lo sostienen el otro individuo le venda los ojos. Lo sacan del vehículo y lo llevan por un lugar que José siente primero tosco y lleno como de gravilla y luego como si fuera grama. Oye ladridos de perros, también cantan avecillas. Dos lo llevan por los brazos casi levantado y el tercero le lleva algo como el cañón de un arma con el cual lo empuja por la espalda.

They stop at a door, through which they start to descend. José thinks this is part of the strategies to know if one is freightened, and continues without saying nothing, showing he is a man, to the last consequences. After closing the door behind the four, he feels that the rest leave running. He stands with his legs open in combat position, closes his fists and waits. Three doors close, he hears that they throw a heavy metal that rolls on the floor and almost comes to where José is ready for what may come. His eyes still covered, do not permit him to ascertain where he is.

A drum starts with slow beats and José thinks: 'Well I'm about to obtain the only thing that can save me from the enemies of this group and I will be protected… a strong voice like from a loud speaker interrupts his thoughts with a shout: "Defend yourself or die" José rushes to pull the blindfold, with the light he is almost blinded, but he is aware that coming at him is a snake, so big that he didn't have time to think about anything. Quickly he looked around, no doors no window, everything seemed sealed and this is when he focuses his eyes and he sees a saber samurai style close to where he is. He lunges on his stomack like when slid on second base playing baseball, he grabs the saber and he struggles with the serpent. The ferocious animal gives him a few lashes with the tail as if it were a cowboys whip, but because it's his life or the snake's, he keeps striking lashes until the animal is left without movement. José lifts the saber and shouts a scream of triumph. Two other dudes that he doesn't know come out and they are clapping in unison with straight faces. They take the saber from him, they put it away and they start the second test. Blows of all sorts. Both dudes have fists like iron. His nose gives up and starts to bleed. He smells an oddor something like the camphor that Fede put on Rupi's nose when she passed out.

Se detienen en una puerta, por la que comienzan a descender. José piensa que eso es parte de las estrategias para saber si uno se acovarda, y sigue sin decir ni pío, demostrando que es hombre, hasta las últimas consecuencias. Después de cerrar la puerta tras los cuatro. Siente que los demás salen corriendo. Se para con las piernas abiertas en posición de combate, cierra los puños y espera. Se cierran tres puertas, oye que tiran un metal pesado que rueda por el piso y casi llega donde José está listo a lo que venga. Sus ojos vendados todavía, no le permite serciorarse dónde está.

Comienza un tambor con golpes lentos y José piensa: Bueno, ya estoy para conseguir lo único que me podrá librar de los enemigos de este grupo y estaré protegido… una voz fuerte como por una vocina interrumpe sus pensamientos con un grito: "Defiéndete o te mueres" José se apresura a arrancarse la benda, con la luz queda casi ciego, pero se dá cuenta que viene para encima de él una culebra tan grande que, no le dá tiempo a pensar en nada. Busca rápido con la mirada; ni puerta, ni ventanas, todo parecía cellado y es cuando se enfoca su vista y ve un sable estilo samurai cerca de donde está. Se lanza de barriga como cuando se deslizaba en segunda base jugando beisbol, agarra el sable y se faja con la serpiente. El feroz animal le da unos latigazos con la cola como si fuera un fuete de vaqueros, pero como es la vida suya o la de la culebra, sigue lanzando zablazos hasta que el animal se queda sin movimiento. José levanta el sable y tira un grito de triunfo. Salen otros dos tipos que no conoce y vienen aplaudiendo al unísono con la cara seria. Le quitan el sable, lo guardan y comienza la segunda prueba. Golpes de todas clases. Los dos tipos tienen los puños como si fueran de hierro. Su nariz se dá por vencida y comienza a sangrar. Le da un olor parecido al alcanfor que Fede le untó en la nariz a Rupi cuando cayó desmayada.

For a moment he believes that he will colapse, but he keeps punching. There is no escape. They will either kill me or I'll kill them. He forgets initiation, he forgets gangs, he says goodbye to the world and he sets his face and eyes fixed like two red light bulbs; when he struck one of the dudes it was an instantaneous knock out. A strong applause from one group is heard like from a loud speaker and this is when he again remembers it's an initiation. The ones who watched the process through a hidden camara became aware of the valor and courage José had.

Two beautiful chicks come, with little clothing, they washed his bruises, and take off his shirt, they put on him a black robe and they take him to a room with dim light where there is an open black casket.

Between the admiration of the girls bodies and the presence of the casket, he doesn't know if he should think about sex or tomb and while deciding what to think on; from behind the great curtains come two individuals with whom you would not think about fighting, they were very strong.

Each chick gives him a kiss on the mouth and with a malicious smile they leave. The stout dudes put José in the casket. They remove a red color cloth that was on the top lid and some steel lances appear while slowly they close the casket. He surrenders to the spirits and convinces himself that the blow he had given the dude had burned him on the test. The sharp lances only pinched him slightly; it is all part of the psycological exam. It is then that who so strongly pushed him to join the ganga showed up and without saying a word extends his hand to take him out of the casket.

He whispers in his ears, now they are going to put the mark on you, for now you're doing well. That gives him confidence. Well, he thinks:'this one also come with another surprise.

Por momemento cree que se desploma, pero sigue tirando golpes. No hay escape. De esta me matan o los mato. Se olvida de iniciación, se olvida de ganga, se despide del mundo y pone la cara y los ojos fijos como dos bombillas rojas; cuando le da el primer bimbazo a uno de los tipos, fué un knockout instanteneo. Un fuerte aplauso de un grupo se oye por la vocina y es cuando vuelve a recordar que es una iniciación. Los que veían el proceso por una cámara oculta se dieron cuenta del valor y el coraje de José.

Vienen dos bellas chicas, con escaza ropa, le lavan los golpes le quitan la camisa, le ponen una bata negra y lo llevan a un cuarto con luz tenue donde hay una caja de muerto, negra abierta.

Entre la admiración del cuerpo de las muchachas y la presencia de la caja de muerto, no sabe si pensar en sexo o en tumba y mientras decide qué pensar; salen de detrás de las grandes cortinas dos individuos que con ellos ni pensar en pelear, eran muy fuertes.

Cada chica le da un beso en la boca y con una sonrisa maliciosa se alejan. Los corpulentos tipos meten a José en el ataúd. Quitan un lienzo color rojo que tiene la tapa de arriba y aparecen unas puyas de acero que José ve acercarse contra su piel mientras cierran lentamente la caja. Se entrega a los espíritus y se convence que el golpe que le dió al tipo lo quemó en la prueba. Las figas afiladas solo lo pincharon levemente, todo es parte del examen sicológico, es entonces cuando aparece quien tanto lo apuró para que entrara a la ganga y sin decir palabra le extiende la mano para sacarlo de la caja de muerto.

Le secretea a los oídos, ahora te van a poner la marca, por ahora vas bien. Eso le dá confianza, pues ya piensa que este también venía con otra sorpresa.

They seat him in a recliner, leave him in underwears, put his feet in a snare, that automatically lift José's legs up, and a woman about thirty two years of age with transparent clothing and a red iron that is spilling smoke comes close. When they press the seal where the thigh joins the buttocks, he sees the stars in formation, marching one behind the other and also sees when the sun goes down, getting smaller until it disappears.

He wakes up laying face down in front of a man very well known in the city and who José would never imagine would be mixed up in gangas.

He did not dare show surprise; next to the man that is sitting in a chair that looks like an oriental throne are two weight lifters with suits, but you can notice the biceps underneath their jackets.

Welcome brother, what name are you adopting with which only we the members will know you?

José doesn't know what to say and says with a low broken voice: well they call me "crazy" well 'Loco 66' you will be called, because we have others with that name.

They teach him how to salute in public, how to salute in private and how to identify himself from far with the others of the group.

They also give him a pill with wine that make him forget his sufferings.

A group comes and congratulates him, they give him the official salute and give him a date for the weapons practice. It is on the second day of the weapons practice, that José meets an uncle, brother of his father, who is a ganga trainer on how to scape from police situations and how to excute traitors. José starts his job as a drug dealer, and goes to school with his firearm according to regulation.

Lo sientan en un sillón reclinable, lo dejan en pantaloncitos interiores le meten los pies en un lazo que sube automáticamente hacia arriba las piernas de José, y se acerca una mujer de unos 32 años de edad, con una ropa transparente y con un hierro rojo que vota humo. Cuando le pegan el sello, en donde se junta el muslo con la sentadera, ve las estrellas en formación, marchando una tras la otra, y también ve cuando el sol se apaga quedándose cada vez mas pequeño hasta que se desaparece.

José despierta acostado boca abajo frente a un Señor muy conocido en la ciudad y que jamás José se imaginó podía estar metido en ese lío de gangas.

No se atreve a mostrar asombro; al lado del hombre que está sentado en una silla que parece un trono oriental, están dos, levanta pesas, con trajes pero que se les ven los molleros por encima del saco.

Bienvenido hermano nuestro. ¿Qué nombre adoptas, con el cual te conoceremos solamente los miembros?

José no sabe qué decir y dice con voz apagada: 'pues a mi me llaman el Loco'' bueno pues Loco 66, se te llamará, pues tenemos otros con ese nombre.

Le enseñan cómo saludar en público, cómo saludar en privado y como identificarse de lejos con los otros del grupo.

Además le dan una pastilla con vino que le hace olvidar sus sufrimientos.

Sale un grupo y lo felicita, le dan el saludo oficial y lo citan para las prácticas con las armas. Es en el segundo día de práctica con las armas, que conoce a un Tío, hermano de su padre, que es entrenador de los gangistas de como escaparse de situaciones policiales y como ejectuar los traicioneros. José comienza su trabajo como traficante de drogas, y va a la escuela con su arma de reglamento.

José Falls in Love

One night the leaders of the gang assigns José to supply crack-cocaine to a free party organized by those who controlled the traffic in the neighborhood school, to introduce more youth to the business and the consumption, because the sales were decreasing on account of the graduates of the program call DARE that was reaching intermediate and secondary and the clientel was decreasing.

It was that night that he met Marie, the spoiled one, whose parents always sent for her in a taxis and was never able to converse with others after school.

Marie, after the customary introduction sets to converce with José. -You have such a pretty name. Why do they call you by the nickname Loco? I like José more, she says.

José takes a deep breath, he touches the collar of his shirt, looks both ways and with a smile answers: If you knew that my mother's name is María, and I have always liked thinking that the mother of my children have the same name as my mother.- And you are thinking about children! Oh boy; you sure are in a hurry. Take it easy, don't rush so; in life there is time for everything.

You see, you do understand me; why don't we get to know each other better, will you give me the opportunity to visit you?

-Well as long as you call me first to let you know if the old ones are at home or not, you know? I'm bored because my parents live more concern in making money than in living, and they are never home, sometimes not even weekends; so I'm going to give you my telephone number.

José is signaled for a dose of crack and he excuses himself from Maríe saying: 'Don't leave, I'll be right back.'

José se Enamora

Una noche la dirigencia de la ganga asigna a José a suplir la cocaína crack a una fiesta libre que organizaron los que controlan el tráfico en la escuela de su vecindario, para introducir mas jóvenes al negocio y al consumo, debido a que las ventas estaban bajando por causa de los graduados del programa DARE que estaban llegando a intermedia y a secundaria y la clientela estaba reduciéndose.

Fue esa noche que conoció a Maríe, la consentida, que sus padres siempre la mandaban a buscar en un taxis y nunca podía conversar con los otros, después de terminadas las clases.

Maríe, después de la introducción de costumbre, se sienta a conversar con José. Tan lindo nombre que tu tienes, porqué te dicen ese apodo del Loco? A mi me gusta mas José, le dice Maríe.

José respira hondo, se toca el cuello de la camisa, mira a ambos lados y con una sonrisa le responde: 'si supieras que mi mamá se llama María y a mí siempre me ha gustado pensar que la madre de mis hijos lleve el mismo nombre de mi mamá. -Tú estás pensando en hijos! Hay chico, tú si vas de pronto. Cógelo suave; no te apresures tanto que en la vida hay tiempo para todo.

-Tu ves, tú sí me comprende; porqué no nos conocemos mejor. Me darías la oportunidad de visitarte?

-Bueno, siempre y cuando me llames primero para decirte si los viejos están en casa o no, tu sabes, me la paso aburrida, pues mis padres viven mas preocupados por hacer dinero que por vivir, y no paran en la casa, casi ni los fines de semana, así que te voy a dar mi número de teléfono.

Le hacen señas a José para una dosis de crack y se excusa con Maríe, diciéndole: 'no te me vayas, que regreso ya mismo'.

After a while he comes with a straw covered underneath and he puts the top part in Marie's nose.

-Take a deep breath, he indicates. Marie feels that something inside goes up. You are creazy!? That is my name, José answers, while he hugs her.

"Don't worry my love, that is only for a short while, soon you'll feel great my buddy. He kisses her and the party goes on. This is how a love affair starts between the two, filled with torments, united by the ecstasys to which Maríe becomes accustomed to and with José learns to escape the pressures of her friends, who called her the spoiled one, because her parents of comfortable means have a six apartment house, that they bought with the award of a law suit two hundred and sixty thousand dollars that they won from the City of New York, due to the death of their oldest son Marie's brother, who was run over by a garbage truck one day on the way to school.

Marie, consented girl, is given everything she wants. Her gifts are always the best in the neighborhood. All the young girls in the area are envious with hate for being so conceited.

Marie steals money from her parents, to be able to comply with her promises to her girlfriends, who take advantage of the malicious threats they make to the consented one.

Maries parents become aware of their daughters' situation the day the are called to the principal's office, informing them that the ambulance took Marie with an overdose of drugs to the Emergency Room. Marie goes through a scare. Her parents not knowing what to do, they reject her with curses and they acuse her for the 'stain' that will never be erased from the family by her mischievous conduct.

Consi…(name abbriviated from spoiled as her friends call her) José says to Marie;..you are crazy, you with your jealousy dare to die. Look at the fright you've had by being crazy. Don't do this to me again; I almost shot myshelf, when I learned that you were taken to the Emergency with an overdose.

Después de un rato viene con un solveto tapado por debajo y le pone la parte de arriba en la nariz a Maríe.

Respira fuerte, le indica; Maríe siente que le sube algo por dentro,-Tú eres loco!?-Ese es mi nombre. Le responde José, mientras la abraza.

"No te preocupes mi vida que eso es solo por un ratito, ahorita te sientes chévere mi pana, le dice dándole un beso y sigue la fiesta. Es así como comienza un amorío entre los dos, José y Maríe, lleno de tormentos; unidos por los arrebatos, a los que se acostumbra Maríe, que con José aprende a escapar las presiones de sus amigas, que la llamaban la consentida, porque sus padres, de condición acomodada; tienen una casa de seis apartamentos, que la compraron con el dinero de una demanda que le ganaron a la ciudad de Nueva york por dos cientos sesenta mil dólares, debido a la muerte del hijo mayor, hermano de Maríe, que fué arrollado por un camión de la basura, un día camino a la escuela.

Maríe, niña consentida, le dan todos los gustos. Sus regalos siempre son los mejores en el vecindario. Todas las jovencitas del area la envidian con odio, por ser muy presumida.

Maríe le roba dinero a sus padres para poder cumplir con sus promesas a sus amigas, quienes sacan ventajas de los retos maliciosos que le hacen a la consentida.

Los padres de Maríe, despiertan a la situación de su hija, el día que los llaman de la oficina del principal, informándoles que la ambulancia llevó a Maríe con una sobre-dosis de droga a la sala de Emergencias. Maríe rebasa el susto. Sus padres por no saber que hacer, la recusan con maldiciones y la recriminan por 'la mancha' que nunca se borraría de la familia por su conducta bandolera.

-Consi...(nombre abreviado de 'consentida como la llaman sus amigas') le dice José a Maríe; 'Tu eres loca, tú por los celos te atreves a morirte? Fíjate el susto que pasaste por estar de loca. No me vuelvas a hacer eso, yo por poco me doy un tiro, cuando supe que te llevaron con la sobredosis a Emergencia'

-No sweetheart, that is over. Forget it, you have me here again.

That was enough to continue with their passionate meetings in the houses where José takes her, when he takes Marie out of school. He takes her another day, for sure a Friday, that her parents left on vacation and would not return for a week.

-No sweet heart, ya eso pasó. Olvídate, aquí me tienes de nuevo.

Eso basta para seguir con sus apacionados encuentros, en las casas donde José la lleva cuando la saca de la escuela. Se la lleva otro día, por cierto un viernes, que sus padres se van de vacaciones y no regresarían por una semana.

Marie Pregnant

Months have passed and things are a little cold after that crazy weekend.

Marie calls José. -Loco, I feel strange, I need for us to talk. You seem to be forgetting me. What's the matter, you don't love me anymore?

-You know Marie, it's that the work has to be attended; if not they will put someone else to take care of my block, and that can't be; José tells her. But, by all means, wait for me under the pine tree that is in the house behind, you know; at the usual time. I'm going to pick you up in my new sport, you'll see it, I got it yesterday and it's cute, very cute.

Yo José, you're funny; I'll wait for you.

That day Marie confesses her suspicion to José, that she may possibly be pregnant. -You have to go with me wherever José. If I go home they will kill me. They will not tolerate another escapade like that. The time of the overdose, they threatened me and I'm afraid. You're the man and you have to do something.

-That's a heavy one Marie. You've made it difficult. But don't worry my love. Do the test and let me know, I'll fix the rest.

After the pregnancy is confirmed, without Marie's parents knowledge, José gets a studio, takes Marie, but he promises her parents by phone, that he is going to do everything legally; and that he is taking her only because of the fear she has of being mistreated at home.

José is 18 years old and Marie 17. Marie's parents go with the police to the studio and are not able to convince her to go home with them. The female officer that went with them tells them: we can't do anything, they are adults and consent in staying together; what can one do?

Marie Embarazada

Pasan dos meses y las cosas están un poco frías después de ese fin de semana loco.

Maríe llama a José. -Loco, me siento rara, necesito que hablemos. Tú como que me estás olvidando. ¿Qué te pasa, ya no me quiere?

-Tú sabes Maríe, es que el trabajo hay que atenderlo, sino, ponen a otro a cuidar mi cuadra y eso no se puede; le dice José. Pero de todas formas, espérame debajo del pino que está en la casa de atrás a la hora de siempre, te voy a buscar en mi deportivo nuevo, ya lo verás, lo busqué ayer y está chulo, chilísimo.

-Vaya, José, qué divertido; te esperaré.

Ese día Maríe confieza su sospecha a José de que posiblemente, está embarazada. -Tú tienes que irte conmigo donde sea José. Si yo voy a casa me matan. Ellos no soportarían otro rollo así. La vez de la sobredosis, me amenazaron y yo tengo miedo. Tú eres el hombre y tu tienes que hacer algo.

-Esa está fuerte Maríe. Me la pusiste dificil. Pero no te procupes mi amor. Hazte la prueba y déjame saber; yo arreglo lo demás.

Después de confirmado el embarazo, sin conocimiento de los padres de Maríe, José consigue un estudio, se lleva a Maríe, pero le promete a los padres de ella por teléfono que él va a hacer todo por lo legal y que solo se la lleva por el temor que ella tiene de ser maltratada en la casa.

José tiene 18 años y Maríe 17. Los padres de Maríe van con la policía al estudio y no pueden convencerla de irse con ellos a su casa. La oficial que fué con ellos, les dice: "nosotros no ponemos hacer nada, ellos son adultos y consienten en quedarse juntos; qué puede uno hacer?

Time for the birth passes; Marie continues in school, in spite of her belly, since she is José's contact in school because he was expelled for his scandals, and Marie helps him in the traffic with the students.

Josesito is born, and José has to hurry growing in the business to supply his little son with all his desires and his woman who he still doesn't want to merry because of Marie's jealousy, that know that she has given birth have increased by a hundred percent and doesn't let him leave in peace nor arrive in peace; fighting with him, smelling him to see if he has a strange perfume, and checking his pockets, looking for papers and unknown telephone numbers. She never finds anything, because José knows better than that.

After Josesito's loud birthday party, José's late nights have Marie irritated to satiety, she is not able to go out with José at night, the little one hinders her to go to the gang's parties where they can take their woman. She has to plead with her mother-in-law, to stay with Josesito, and she returns at late hours; the exhousted mother-in-law, fights with José in front of Marie, for his neglect with his son, comparing José to his dead father.

It is one of those nights, a month after the child's birthday, that José fed up with life intents to show Marie that he is the man of the house and raises his hand to slap her. Marie screams at him: 'No, José please, don't you see that for three months I have hid the pregnancy of the baby girl?

José, puts his arm down, opens the mouth, shakes his head, smiles and becomes serious again, frouns his brow, distrustful and grabbing Marie by the neck, orders her: 'tell me the truth or I'll kill you' while thinking: 'If this is true, I will have to do the job that I was told to do in the group to make that money and be able to take care of her, who gets very sick when she is pregnant.'

Pasa el tiempo para el parto; Maríe sigue llendo a la escuela, a pesar de su barriga, puesto que es el contacto de José en la escuela desde donde lo votaron por sus escándalos, y Maríe lo ayuda en el tráfico con los estudiantes.

Nace Josesito, y José tiene que apurarse en crecer en el negocio para darle todos los gustos a su hijito y a su mujer con la que no se quiere casar todavía por causa de los celos de Maríe, que ahora que está parida, han aumentado en un cien por ciento y no lo deja salir en paz, ni llegar en paz; peliándole, oliéndolo a ver si tiene perfume ajeno, y examinándole los bolsillos, en busca de papelitos y teléfonos desconocidos. Nunca encuentra nada, pues José sabe más que eso.

Después del ruidoso cumpleaños de Josesito, los trasnoches de José tienen a Maríe irritada hasta la saciedad, ya no puede salir con José por las noches, el pequeño se lo impide, para ir a las fiestas de la ganga en la que se pueden llevar a las mujeres. Marie tiene que rogar a su suegra que se quede con Josesito, y al llegar a deshoras la agobiada suegra, le pelea a José delante de Maríe, por su descuido con su hijo, comparándolo con su difunto padre.

Es una de esas noches, un mes después del cumpleaños del niño, que José hastiado de la vida intenta demostrar a Maríe que el hombre en la casa es él, y levanta la mano para bofetearla. Maríe le grita: 'No, José por favor, no vez que tengo tres meses escondiéndote el embarazo de la nena?'

José baja el brazo, abre la boca, menea la cabeza, se sonríe y vuelve a ponerse serio, frunce el ceño desconfiado y agarrando a Maríe por el cuello, le ordena: 'Dime la verdad o te mato' mientras piensa,-Si esto es verdad, tendré que hacer el trabajo que me dijeron en el grupo para ganarme ese dinerito y poder atender a ésta, que se pone malísima cuando está preñada.'

-Let me go, let me get you the results of the clinic. They did the Sono, and they told me that it's a girl. I was waiting for you to notice it on your own; but because you are so distant with me, and have neglected me so much, you don't care how I look; you didn't even notice the dress that I bought for the third month. José you don't love me anymore; things have changed between us. It looks like your friends and your damned drugs interest you more, that I don't paint anything in your disgracefull and wretched life of night goblin.

-Hold your horsey, don't tell me anymore, It's just that you don't tell me the things, waiting for me to be a fortune teller. That's why you didn't let yourself be seen all these days. It's because you were hiding the secret, you fool. And what happened with the pills they gave you at the clinic? No and that it was the best method of planification?

-Yes, but because I saw they were killing so many of the group, I thought that it would be better to have the baby girl fast, just in case José. One never knows. In what you are in, there are surprises always and if something happens to you, I wanted to have a baby girl; God forbid, but if you are knocked down one day? You haven't thought about that?

-Ha, ha, ha, nocked down, me? You're crazy; don't you know that I'm the closest to the chief? And he knows everything; when we are going to do a special job, that has some risks, he prepares us. (José lowers his voice gets close Marie's ear and says) girl that dude is a genious, he has some protection, and he gives some secret baths, there is no bullet that can enter. After that, he stands you in front of a special mirror and there you see the person that has to be nocked down and when you go you find him very tame. Those are the ocult powers.

-Suéltame, déjame buscarte los resultados de la clínica. Me hicieron el sono, y me dijeron que es una nena. Yo estaba esperando que tú te dieras cuenta por ti mismo, pero como estás tan alejado de mi y me has descuidado tanto, que ya no te importa como me veo; ni siquiera te diste cuenta del traje que me compré para los tres meses; ya tú no me quiere José! Ya las cosas cambiaron entre nosotros, tal parece que te interesan mas tus amigos y tus malditas drogas que ya no pinto nada en tu desgraciada vida de duende de las noches.

-Aguanta el caballito; ya no me digas más, es que tú no me dices las cosas, esperando que sea adivino. Por eso era que no te dejabas ver en todos estos días, es que estabas escondiendo el secreto; buena tonta. Y qué pasó con las pastillas que te dieron en la clínica? No y que era el mejor método de planificación?

-Sí, pero como yo vi que estaban matando tantos del grupo, pensé que era mejor tener la nena rápido, por si las moscas, José. Uno nunca sabe. En eso que tu estás, siempre hay sorpresas y si algo te sucede yo quería tener la nena; ni quiera Dios, pero y si un día te tumban? Tu no has pensado en eso?

-Ja, Ja, Ja, tumbar; a mí? Tu estás loca, tu no sabes que yo soy el mas cercano al jefe. Y ese se la sabe toda; cuando vamos a hacer algún trabajo especial que tenga algún riesgo, él nos prepara. (José baja la voz, se acerca al oído de Maríe y le dice) 'muchacha, ese tipo es un genio, tiene unos resguardos, y dá unos baños, secretos que no hay bala que entre. Después te para frente a un espejo especial y ahí, tu ves la persona que hay que tumbar y cuando vas lo consigue mansito. Esos son los poderes ocultos.

You don't know about that, dummy, don't think about dying. That this is going to be for long. So if you think that I'm going to leave you so that someone else enjoys what I have acquired with so much sacrifice, you are mistaken, and whats more I'm going to comply with a mission that I didn't want to do yesterday. But now that the baby girl is coming I have to increase the money coming in.

José leaves smiling, he gives Josesito who had hid behind the door because of the screams moments before his customary hug.

Maríe looks at her son still frightened by the incident that he just heard and confused by the sudden change of his father after he embraces him and seems to be happy when leaving.

Momentarily, she sees in the frightened face of her Josesito, the face of her brother, the one that the garbage truck crushed in New York. She's frightened and runs toward the small one, embraces and tightens him against her chest, while her heart is flooded, and a knot forms in her throat and together with the blurred memories of the tragic accident that took her brother, thinks: 'My God, take care of my son. Do not let a truck kill him. Why? (Maríe asks herself in her thoughts that pass one after another without stopping) did I see my brother's face in Josesito's? what does that mean? She calls her mother, and tells her everything that happened with her son and her mother, recommends that she visit a woman that knows of those things; well that must be her brother that wants to communicate with her, for something.

-Oh! Mother, she responds; leave those things, you know I do not believe in that; that already passed the fade that thing of spirits stuff does not exist. I am not going to see nobody. That was only that I got scared because I was fighting with José. But leave that, you know what Mom? I'm having a girl!

-What? And is it that you are crazy? How is it that you are going to load yourself with children so young? You still don't know how it is going to go with José that to me it does not look like a good thing.

Tu no sabes de eso, boba, no pienses en eso de morirse, que esto va para largo. Así que si piensas que te voy a dejar para que otro disfrute lo que yo he conseguido con tanto sacrificio, te equivocas. Y es más, me voy a cumplir con una misión que no quice hacer ayer. Pero ahora que viene la nena, tengo que aumentar las entradas de dinero.

(Sale José, sonriendo, le da su abrazo acostumbrado a Josesito que se había escondido tras la puerta de salida, por los gritos de hace unos momentos)

Maríe, mira su hijito todavía asustado por el incidente que acaba de oir y confundido por el cambio brusco de su padre que sale después de abrazarlo y que parece estar feliz al salir.

De momento, ve en el asustado rostro de su Josesito, el rostro de su hermano, el que el camión de la basura aplastó en Nueva York. Se asusta y corre hacia el pequeño, lo abraza y lo aprieta en su pecho, mientras se le inunda el corazón, se le hace un nudo en la garganta y junto con los borrosos recuerdos del trájico accidente que le llevó su hermano, piensa: "Dios mio, cuídame a mi hijo. No deje que un camión me lo mate. Porqué? Se pregunta en sus pensamientos que le pasan uno tras otro sin parar;..vi la cara de mi hermano en la de Josesito? ¿Qué querrá decir eso? Maríe llama a su mamá, le cuenta lo que le pasó con el niño y su madre, le recomienda visitar una señora que sabe de esas cosas; pues eso debe ser que su hermano se quiere comunicar con ella, para algo.

-Hay mamá! Responde Maríe; déjate de cosas, tú sabes que yo no creo en eso; ya eso pasó de moda, eso de espíritus no existe. Yo no voy a ver a nadie. Eso fue que me asusté por estar peliando con José. Pero, ya dejemos eso, sabes mamá? Voy a tener una nena!

-¿Qué? Y es loca que tú estás? Cómo tu vas a cargarte de muchachos tan joven? Tu todavía no sabes como te va a ir con ese José, que a mí no me parece cosa buena.

You cover him and never say how it goes with you, but look at what you finish telling me, that you got scared because you were fighting with him. And on top of that you get yourself into another belly?

-Mommy, do not come with sermons, because you know that we get along well and don't lack nothing. He is very responsible and I have everything in the apartment. Besides, he told me that now that we are going to have a girl, he is going to hustle to get more money and buy a house you see, and you thinking bad things. I'll leave you, that I'm going to bathe Josesito to put him to bed early so that I can see the soaps peacefully.

José's euphoria, takes him to the house of the chief of the gang. He announces himself, he identifies himself properly; gives the secret signs of the group and they pass him directly to the lider, who is waiting for him with a pistol in one hand and a lot of money in the other.

José thinks that the matter is serious, since he notes a chill from ultra tumb in the leader's eyes.

-Chief, says José, trying to change the atmosphere that is heavy: my woman is going to have a girl, and that is why I wanted to come and put myself at your orders for the job that we had pending, that you wanted that it be me, for my specialty; so here you have me at your feet.

-Take, Loco 66, there you have enough to pay for the birth and to save what you want, the only thing is that I do not want evidence and much less failure, since I don't have to tell you, if you fail you pay with your head.

(They present José with a photo of the individual that has to be eliminated, they show him the name and other written information on a paper, per fear that the spies may be listening and also they pass him a special compound of drugs, for the rage that gives courage. They take José to a semi-illuminated room where José had not entered before)

Tu lo tapas y nunca nos dice como te va, pero fíjate, lo que me acabas de decir, que te asustaste por estar peliando con él.. Y por encima de eso, te metes en otra barriga?

-Mami, no vengas con sermones, porque tu sabes que nosotros nos llevamos bien y que no me falta nada. El es muy responsable y tengo de todo en el apartamento. Además me dijo que ahora que vamos a tener la nena, se va a apurar para conseguir mas dinero y comprar una casita. Ves, y tu pensando malas cosas. Te dejo, que voy a bañar a Josesito para acostarlo temprano y poder ver las novelas tranquila.

La euforia de José, lo lleva a casa del Jefe de la ganga. Se anuncia, se identifica propiamente; da las señales secretas del grupo y lo hacen pasar directamente donde el lider, que lo espera con una pistola en la mano y mucho dinero en la otra.

José piensa que el asunto es serio, puesto que le nota una frialdad de ultra tumba en los ojos al jefe.

-Jefe, dice José tratando de cambiar la atmósfera que está pesada, mi mujer va a tener una niña, y por eso quice venir para ponerme a sus órdenes para el trabajo que teníamos pendientes, que usted quería que fuera yo, por mi especialidad; así que aquí me tiene a sus pies.

-Toma, Loco 66, ahí tienes suficiente para pagar el parto y para guardar para lo que quieras, lo único es que no quiero evidencias, ni mucho menos fallos, pues no tengo que decírtelo, si fallas pagas con tu cabeza.

(Le presentan la foto del individuo que hay que eliminar, le enseñan el nombre y toda la otra información escrita en un papel, por temor a que le estén escuchando los espías, y también le pasan un compuesto especial de drogas, para el arrebato que da valor. Llevan a José a un cuartito semi iluminado donde José no había entrado antes)

-Look, Loco, this black bag is your guard, after I pass it in your hand tie it seven times with the three color cloth, turning only to the left and tie a knot with seven ties, so that the seven potencies cover you. They say that guy knows a lot and is prepared in Haiti, but with this bath that we are going to give you, don't you worry that everything will be fine.

They give him a bath with multicolored water and cross his arms in form of the cross in front of a big doll with red eyes, and José leaves after trying the special compound for courage.

Before he starts to feel the effects of the drug composition, José thinks: "Gee, these people they know it all, look how they hadn't told me about this guard, nor this special drug and less about that bath and the doll; the truth is they always have something new, and that is why I, if I have to give my life to follow with them I give it, it's that there is nothing else, they know."

Brakes suddenly and shakes himself, he was entering the wrong way, looks in the rear view mirror, he moves it to see his face and when he looks, what he sees is like another person, he's startle a little, but thinks, that must be the seven potencies that are protecting me already, so let me go directly to get rid of this guy, even though they say is leader of the enemies of my group, but till today his fun has lasted.

José complies with the contract. It is October 30th in the night. The next day, buys the newspaper early, and sets the clock for seven in the morning to hear the news on Radio Cumbre, to assure himself that everything is fine.

In effect, one dead of four shots, and a companion gravely wounded, others from the group escaped and didn't give information to the police. Everything is calm. A gray silence falls over the neighborhood where the victim's group had control over the movement.

The chief calls José by beeper. When José calls him, he only says: "Loco, Loco, Loco" a code word that signifies fidelity till death and hangs up.

-Mira, Loco; esta bolsita negra es tu resguardo, después que te lo pase en la mano amárratelo siete veces con esa tela de tres colores, dándote vueltas solamente hacia la izquierda y hazle un nudo de siete vueltas para que, las siete potencias te cubran. Ese tipo, dicen que sabe mucho y que está preparado en Haiti, pero con eso y un baño que te vamos a dar, no te apures que todo saldrá bien.

(Le dan su baño de un agua multicolor y le cruzan los brazos en cruz frente a un muñeco grande con los ojos colorados, y sale José después de probar el compuesto especial del valor.)

Antes de comenzar a sentir el efecto de la composición de drogas, José va pensando: “caramba, esta gente se las traen fíjate no me habían dicho de este resguardo, ni de esta droga especial, y menos de ese baño y ese muñeco; a la verdad que siempre tienen algo nuevo, por eso es que yo, si tengo que dar la vida por seguir con ellos la doy, es que no hay mas nada, se la saben”

Frena de golpe y se sacude, se estaba metiendo por la vía contraria, mira el espejo retrovisor, lo mueve para verse la cara y cuando se ve, lo que ve es como otra persona, se espanta un poco, pero piensa, eso debe ser las potencias que me están protegiendo ya, asi que me voy directo a salir de este tipo, aunque disque es lider de los enemigos de mi grupo, pero hasta hoy le duró el bellón.

José cumple con el contrato. Es Octubre 30 por la noche. Al otro día, compra el periódico temprano, y pone el reloj a las siete de la mañana para oir el noticiero de Radio Cumbre, para asegurarse que todo estaba bien.

En efecto, un muerto de cuatro tiros, y un acompañante herido de gravedad, otros del grupo se escaparon y no dieron información a la policía. Todo está tranquilo. Un silencio gris cae sobre el barrio donde el grupo de la víctima tenía el control del movimiento.

El jefe llama por el beeper a José. Cuando José lo llama, solo le dice: “Loco, Loco, Loco” una palabra clave que significa fidelidad hasta la muerte y cuelga.

José passes the day laying down, after confirming that everything is cool. He puts a black band over his eyes and he tells María don't call me even if the devil himself comes looking for me. I'm not here for anybody.

Maríe does not tell him what happened with Josesito, and decides to tell him another day when he is in a good mood. Today it seems that a wisp had stung him; sometimes he seems content and satisfied and momentarily, seems to see the devil. I do not know what's happening to this man, she laments. She goes to the mall to find the crib that she thinks on buying for the girl.

José, se pasa el día acostado, después de confirmar que todo está cool. Se pone una venda negra en los ojos y le dice a Maríe; no me llame ni que venga el mismo Diablo a buscarme. No estoy para nadie.

Maríe no se atreve a contarle lo que le pasó con Josesito, y decide decírselo otro día, que esté de buen humor. -Hoy parece que le picó una abispa; aveces parece contento y como satisfecho y por momento, parece que ve el Demonio. Yo no sé qué le pasa a este hombre, se lamenta. Se va al centro comercial a conseguir la cuna que piensa comprar para la nena.

Death of José

The mystery of Mr. Futuro is that in the same way that he appears in school without anyone knowing how, he also disappears in such form that they realize he is gone when he is no longer there. Some in the school got to say that this guy was so big that he had to be from another planet, that he was searching for people to take them to another civilization in some other part of the universe. The last time he arrived at school he had an apparatus in his left hand that looked like a small television, and after looking into the screen looked at the person and smiled like with a strange mischievousness.

-No but the one he asked for was Loco, remember? The student said to his classmate while walking in the hall, to the computer room; yes, but truly; what has been of Loco? That one yes is truly crazy.

-I have not known anything else about that kid, such a good mind and so wasted, that guy is a genius, but does not set mind to studying, he takes everything as a joke.

-well and I with that do not play, you know that he who nothing knows, nothing is worth, and the way things are going, less.

-Listen, today is October 31st. are you going out to get candy?

-Me? No, I do not celebrate that. That has been converted in a dangerous thing last year, a cat was sacrificed in the cementary of a town of Massachusettes and some people said it was a child; in my religion they told me not to celebrate that day.

-Gee girl, ever since you got into that, seems that you have changed.

The bell rings and they hurry to enter the class room.

Muerte de José

El misterio de Mr. Futuro es que así como aparece en la escuela sin que nadie sepa como, también desaparece en tal forma que se dan cuenta que se fué cuando ya no está. Algunos en la escuela llegaron a decir que ese Tipo tan grande tenía que ser de algún otro planeta, que estaba buscando gente para llevárselo a otra civilización en alguna otra parte del universo. La última vez que llegó a la escuela tenía un aparato en la mano izquierda que parecía como una televisión pequeña, y después que miraba en la pantallita, miraba a la gente y se sonreía como con una picardía rara.

-No pero si por quien preguntó fue por el Loco, te acuerdas? Le dijo el estudiante a su compañera de clases mientras caminaban por el pasillo, hacia el salón de computadores; Sí, pero verdad; qué será del Loco? Ese sí que está loco de verdad.

-Yo no he sabido mas de ese muchacho, tan buena mente y tan desperdiciada, el tipo es un genio, pero no asienta cabeza en los estudios, todo lo tomaba como a relajo.

-bueno y yo con eso si no juego, tu sabes que el que nada sabe, nada vale. Y como van las cosas menos.

-Oye, hoy es 31 de Octubre, tú vas a salir a buscar dulces?

-Yo? No, yo no celebro eso. Eso se ha convertido en cosa peligrosa; el año pasado, sacrificaron un gato en el cementerio de un pueblo de Massachusetts y algunas gentes dijeron que fue un niño; en mi religión me dijeron que no celebre ese día de las brujas.

-Hay chica, tu desde que te metiste a eso como que has cambiado.'

(Suena el timbre y se apresuran a entrar al salón de clases.)

Night arrives, José gets up, puts the car away behind the house and after eating some rice with peas and pork chop that his mother brought Maríe because she craved some tipical food, then José goes out on the bike. Maríe and María the mother of José, stay watching the soaps and drinking coffee. At ten o'clock at night, María departs.

-That husband of yours is truly mad; how this city is and say that on a bicycle at these hours of the night in the street, having a car. I do not go out into those streets of God on bicycle and less at night; that one they surely nicknamed well.

It is one o'clock in the morning, the night has had little activity on the block that José was incharge of that night. He departs on the bicycle to his house there's no more to do. Seems like the cold from a premature winter has scared off the clients of the business. Tired of running bike all night and the mental flashes that make him think sometimes that he is being followed, exhaust his energies.

In the hill at the sixth block, he no longer has strength to pedal He dismounts and pushes while whistling thinks in …behave with Maríe. Now that she is going to give me a daughter, I have to be cool with her. A girl, by Jove! Some day she'll be a young lady and I will not dare teach her this life that I lead. No, I have to make myself of something, so that I can get out of this obsession. Even though the chief protects me and has confidence in me, but I can not continue this way. What do I tell my children in the tomorrow?

It starts to drizzle, the climb is finishing and he tries to run so he can fling him self on the bicycle and get home with only one impulse...It is that I am so tired, that I can not pedal. What a dog's life, this one. It is true what Maríe told me; this is something for the elves of the night. But some day I'll be normal, like the people…

Llegó la noche, José se levanta, guarda el carro detrás de la casa y después de comer un arroz con guandules y chuletas que le trajo su mamá a Maríe que se antojó de comida típica, sale en la bicicleta. Maríe y María la madre de José, se quedan viendo las novelas y tomando café. A las diez de la noche, se va María.

-Ese marido tuyo si es verdad que es loco, como está esta ciudad y disque en una bicicleta a estas horas de la noche en la calle, teniendo un carro. Yo no salgo a esas calles de Dios en bicicleta y menos de noche. Ese sí que le pusieron el apodo bien puesto.

Es la una de la madrugada, la noche ha tenido poca actividad en la cuadra que José atiende esa noche. Sale en la bicicleta a su casa. Ya no hay más que hacer. Parece que el frío de un invierno prematuro ha espantado los clientes del negocio. Cansado de correr bicicleta toda la noche y los flash mentales que le hacen pensar aveces que lo están siguiendo, le acaban las energías.

En la cuestecita de la sexta cuadra ya no siente fuerzas para pedalear. Se desmonta de la bicicleta y la empuja, mientras silvando, piensa en ...portarme bien con Maríe. Ahora que me va a dar la nena, tengo que ser chévere con ella. Una nena, caramba, algún día será una señorita y no me atreveré a enseñarle esta vida que llevo. No, yo tengo que hacerme de algo, para salir de este afán. Aunque el jefe me protege y me tiene confianza, pero no puedo seguir así. Qué le digo a mis hijos en el mañana?

Comienza a lloviznar, ya termina la subida, y trata de salir corriendo para lanzarse sobre la bicicleta y llegar a su casa de un solo impulso, es que estoy tan cansado, que no puedo dar pedales. Que perra vida, esta. Es verdad lo que me dijo Maríe; esto es cosa de duendes de la noche. Pero algún día seré normal, como la gente...

The high beam lights go on from an old car that was waiting on the corner on the top part of the hill. It advances rapidly towards José. José thinks that they are detectives. He makes an intent to abandon the bike and escape on foot. When he feels a hand in the darkness that pulls the hood of his coat, he tries to utilize his gang's duty firearm and a strong blow, almost leaves him without air. He remembers his shield that he still had with him for a few more days, to secure the protection.

While they tie him with his hand upward, he realizes that they are not the police. He offers to negociate. He utilizes all the tactis that had been taught to him for these cases and no one answeres nothing.

They show him a handkerchief of six colors with which they cover his mouth. A tall, thin guy comes near him, with the appearance of Dracula and a black hat with short flaps. José remembers that this individual he saw on one of the secret videos of the chief and he realizes they knew who eliminated the chief of the group whose members now had him tied in the middle of the cold night of the husty winter, under the freezing drizzle that is bothersome, in the dark corner of the City of Bridgeport.

He can no longer negociate, they have tied his mouth. The thin guy extends the right hand, they pass him a rooster, skinny rips off the roosters head with his mouth, marks a cross on José's chest with the blood that gushes from the cut head of the rooster. José feels that he is a bit dizzy and sees in the horizon a running star that comes out and afterwards turns off among the black clouds that seem pushed by demons.

When José's feet are binded with a cable and hooked to the ring that closes the trunk of the old car, for the first time someone says something to him: (a voice, hoarse distortinoned, and as if from beyond, like a whisper almost imperceptible, blows in his ear) -This is the way those that bringdown a leader of ours, go to hell.

Se encienden las luces altas de un carro viejo que esperaba en la esquina en la parte arriba de la subida; avanza rápido hacia José, el carro viejo. José piensa que son los detectives. Intenta abandonar la bicicleta y escaparse a pié. Cuando siente una mano que en la oscuridad lo tira del capuchín del abrigo; trata de utilizar su arma de reglamento de la ganga y un fuerte golpe, casi lo deja sin aire. Se acuerda del resguardo que todabía llevaba, por unos días mas, para asegurarse la protección.

Mientras lo amarran con las manos hacia arriba, se dá cuenta que no son policías. Ofrece negociar. Utiliza todas las tácticas que le enseñaron para esos casos y nadie le contesta nada.

Le enseñan un pañuelo de seis colores con el que le cubren la boca. Se acerca un tipo flaco, alto, con apariencia de drácula y con un sombrero negro de alitas cortas. José recuerda que a ese individuo lo vió en uno de los videos secretos del jefe y se dá cuenta que supieron quién eliminó al jefe del grupo cuyos miembros ahora lo tenían amarrado en medio de la noche fría del apresurado invierno, bajo la helada llovizna que molesta; en una esquina oscura de la ciudad.

Ya no puede negociar, le han amarrado la boca. El tipo flaco extiende la mano derecha, le pasan un gallo, el flaco le arranca la cabeza al gallo con la boca, le marca una cruz a José en el pecho, con la sangre que brota del cocote arrancado del gallo. José siente que se marea un poco y de momento ve en el horizonte una estrella que sale corriendo y luego se apaga entre las negras nubes que van como empujadas por demonios.

Al amarrar los pies de José con un cable y pegarlo de la argollita que cierra el baúl del carro viejo, por primera vez alguien le dice algo. (Una voz, ronca, distorcionada, y como del más allá, con un zuzurro casi imperceptible, le sopla en el oído) - Así se van al infierno los que tumban a un lider nuestro.

Without saying more, the group dressed in black that observed hooded, hurried to disappear, while skinny entered the old car. When José begins to fall from the tug which the old cars'strong start pulls him by the feet. Only a yell comes out: "My girl, my little girl; daughter of mine."

The old car takes off like a soul taken by the davil, dragging the body of José which piece by piece goes leaving the head on the pavement, the coat is torn, the hands that were secured upward start to be destroyed and to splatter human flesh on the corners of the city of Bridgeport. The blood shoots like alive current until a fling turns him facing down. A stone that was left when a tire was changed from another car, used as a shim, opens the chest, removing José's heart and continues to leap, united to the body by a strong vein that does not want to surrender.

Those people that come out from the third shift of work in the city and the early birds start to come out, meanwhile of José, behind the old car, are left only the two legs. The streets all stained with human blood, the sewers with pieces of flesh, that the rain had dragged and even the houses of the neighborhood spotted with blood.

In the same corner where the macabre death of José started, were left the two pieces of legs that remained from that night of horror, along with the rooster without a head and seven cents in the form of a cross in front of the stomach of the inocent bird that accompanied José in his misfortune.

The whole town is disturbed; the people look out the window, the telephone circuits all are busy, the firemen's sirens and from the police do not stop sounding. There are so many reports of the persons that find pieces of human remains in front of their house and blood stains everywhere, that the mayor calls a general meeting in the school auditorium.

Sin decir más, el grupo vestidos de negro que observan encapuchados, se apresuran a desaparecer, mientras el flaco entra el carro viejo. Al comenzar José a caer del tirón con que el fuerte arranque del carro viejo, lo hala de los pies. Solo le sale un grito: "Mi nena, mi niña; hija mía"

El carro viejo sale como alma que lleva el Diablo, arrastrando el cuerpo de José que canto a canto va dejando la cabeza en el pavimento, se desgarra el abrigo, las manos que estan amarradas hacia arriba comienzan a destrozarse y a salpicar de carne humana las esquinas de la ciudad de Bridgeport. La sangre brota como torrente vivo. Hasta que un salto lo vira boca abajo. Una piedra que dejaron al cambiar una goma de otro carro y que utilizaron como calzo, le abre el pecho, sacándole el corazón que sigue saltando, unido al cuerpo por una vena fuerte que no quiere darse por vencida.

Los que salen del tercer turno del trabajo en la ciudad y los madrugadores comienzan a salir, mientras de José ya solo quedan detrás del carro viejo, las dos piernas. Las calles todas manchadas de sangre humana, las cloacas con pedazos de carne, que la lluvia ha arrastrado y aún las casas del barrio salpicadas de su sangre.

En la misma esquina donde comenzó la macabra muerte de José, dejaron los dos pedazos de piernas que quedaron de esa noche de horror, junto a un gallo sin cabeza y con siete centavos en cruz frente al buche de la inocente ave que acompaña a José en su infortunio.

El pueblo entero se alborota, la gente mira por la ventana, los circuitos del teléfono están todos ocupados, las sirenas de los bomberos y de la policía, no paran de sonar. Son tantos los reportes de personas que encuentran pedazos de gente en frente de su casa y manchas de sangre por doquiera que, el Alcalde convoca a una reunión general en el auditorio de la escuela.

Marie already feels the worst, looks for María the mother of José; calls her parents and that's when they hear the news of the horrifying fact of desmemberment that has occurred. Even though the name was not given alleging that the family had not been notified; María and Marie already know that it is about José.

They call the police and are told to go to the meeting at the school that they would talk about the matter there.

One of the counselors of the school that knew how to communicate with Mr. Futuro, sends him an email. In the hurry and the state of general shock, the counselor only mentions José and the death in the email; with his hurry he forgets to explain what happened to Mr. Futuro.

Mr. Futuro without finishing reading the complete email, when he reads José's name and sees that it speaks of death, arrives at the high school where the meeting was assembled.

The chief of Police Mr. Columpio, is there; the Mayor of the city Mr. Curío; the Governor of the state Mr. Rodaje, The Attorney General Mr. Volumen, The Superintendent of schools Mr. Conejo, The Principal of the High School Mr. Asientoniño, The Minister from the corner Rev. Peleado, The widow, José's mother María; Marie with Josesito in arms and all the people whom heard the news about the meeting, are there.

Everyone tries to explain and to comprehend why, dragged in this form, through all the streets of the sector and they went leaving the pieces first of the head, then the heart and that way all of the body til only left were the legs.

What does all of this mean? They asked what a tragedy, what a pain; what a suffering. Why? Asks herself Marie, tightening Josesito and thinking if the same thing would happen to him, and with pain passes her hand over her belly while she thinks if she aborts or births the one within her belly.

The lamentation of the mother of José to be carefull and after the operation done on the throat that did not come out well since they careless because she didn't have insurance and could not continue the treatment.

Maríe que ya presiente lo peor, busca a María la madre de José; llama a sus padres y es cuando oyen la noticia del horripilante hecho de despedazamiento que ha ocurrido. Aunque no dieron el nombre alegando que no se ha notificado a los familiares; ya María y Maríe saben que se trata de José.

Llaman a la policía, y les dicen que vayan a la reunión de la escuela que ahí hablarían sobre el asunto.

Uno de los consejeros, de la escuela que sabe como comunicarse con Mr. Futuro, le envía correo electrónico que con el apuro y el estado de shock general, solo menciona a José y muerte en su email, se olvida de explicar a Mr. Futuro lo que ocurrió.

Mr. Futuro sin terminar de leer el correro electrónico completo, al leer el nombre de José y ver que se habla de muerte, llega a la secundaria donde se convoca la reunión.

Ahí está el Jefe de la Policía Mr. Columpio, el Alcalde de la ciudad Mr. Curío, el Gobernador del estado, Mr. Rodaje, el Procurador General Mr. Volumen, el Superintendente de escuelas Mr. Conejo, El Principal de la secundaria Mr. Asientoniño, el Ministro de la esquina Rev. Peleado, la viuda madre de José, María, Maríe con Josesito en los brazos y toda la gente que oyó la noticia sobre la reunión.

Todos tratan de explicarse y de comprender porqué, lo arrastraron de esa forma, por todas las calles del barrio y fueron dejando los pedazos primero de la cabeza, luego el corazón y así todo el cuerpo hasta solo dejar las piernas.

¿Qué querrá decir todo esto? Se preguntan. Qué tragedia, qué dolor; qué sufrimiento! ¿Por qué? Se pregunta Marie, apretando a Josesito y pensando si le pasaría lo mismo, y con dolor pasa su mano por el vientre mientras piensa si aborta o si pare la que lleva dentro.

El lamento de la Madre de José, ya no le sale. Perdió la voz gritándole a José que se cuidara y después de la operación que le hicieron en la garganta que por cierto salió mal, puesto que se descuidaron porque no tenía seguro y no pudo seguir el tratamiento.

Only the tears fall that seem like drops of mealted lead surrounded by the pronounced wrinkles and of the unbearable pain.

Mr. Futuro arrives at the high school and listens to the funest panorama wants to find out who dragged José in this manner, who disgraced a young life, for whom Mr. Futuro had so many plans to help and to change his life. Mr. Futuro ask, where did the facts occurred and departs to the bloody neighborhood, he takes his mysterious apparatus, but when he asks the people, no one dares to say anything, per fear of saying nothing about the possible responsibles of such a horrifying death.

'At last," thought Mr. Futuro, 'with my knowledge and my special laser ray, I am going to see more inside of these people and that way will discover the guilty ones.'

When going by the villains, desgraceful ones responsibles, not even the special laser ray of Mr. Futuro could penetrate their insides since they are so dark inside that it can't be seen.

María sends a telegram by Western Union to her grandparents to the country: 'Leave soon. Jose Dead. María' Bridgeport, Connecticut.

-Ah!, Fede sighs Mrs. Rupi, what are we going to do with that girl?

-Well, Rupi, there is nothing more to do but to depart and go there and we'll bring her here, so she can get out of so much desgrace.

-Yes, that one is persued by something bad. Holy Sacrament! Says Mrs. Rupi, and what is it?

-Well, the only thing we have to make some money to leave is the golden jewel that we save from ancient time in the jewel box, said Mr. Fede, thinking in a loud voice.

Solamente le caen las lágrimas que parecen gotas de plomo derretido rodando por las pronunciadas arrugas del sufrimiento y del dolor insoportable.

Mr. Futuro llega a la secundaria y escucha el panorama funesto, quiere averiguar quien arrastró a José de esa manera, quién desgració una vida joven, para quien Mr. Futuro tenía tantos planes de ayudar y de cambiar su vida. pregunta Mr. Futuro, dónde ocurrió el hecho y sale para el barrio ensangrentado, se lleva su aparato misterioso pero al preguntar a la gente, ninguno se atreve, por miedo a decir nada, sobre los posibles responsables de tal horripilante muerte.

"Por fin,' pensó Mr. Futuro, 'con mis conocimientos y mi rayo laser especial, voy a ver lo más adentro de esta gente y así descubriré los culpables.' Al pasar frente a los maleantes, desgraciados, responsables, ni aún el rayo laser especial de Mr. Futuro pudo penetrar sus adentros, pues están tan oscuros por dentro que no se puede ver.

María envía un telegrama por Western Union a sus abuelos al país: "Salgan seguido. José Muerto. María" Bridgeport, Connecticut.

-Hay! Fede, suspira Doña Rupi, ¿Qué vamos a hacer con esa muchacha?

-Bueno Rupi, no hay mas nada que hacer, sino salir para allá, y nos la traemos para acá, para que salga de tanta desgracia.

-Esa sí que la persigue una cosa mala, Santísimo; dice Doña Rupi, y qué será?

-Bueno, lo único que tenemos, para hacer algún dinerito y salir, es esa prenda de oro que guardamos desde tanto tiempo antiguo en el cofre, dijo Don Fede, pensando en voz alta.

It was useless, the intent of the grandparents to take María back to the country; she did not want to leave her grandson that was the only memory of her son that was left, and she wants to help Marie with the pregnancy of the girl, and to do the unspeakable so that her grandson would not come out like her son.

That is how the elders returne sad, after the nineth day of the death of José, to their warm sunsets, full of the singing of the birds, where the sound of the river serves as background music to the soft voice worn-out by the years that laments the crazines of the life in the great country and in the big cities where the people kill like white chikens, raised with chemicals and are ready to eat in one month, complaints Mr. Fede.

Es inutil, el intento de los abuelos de llevarse a María para el país; no quiere dejar a su nieto, que era el único recuerdo de su hijo que le quedaba, y quiere ayudar a Marie con la barriga de la nena, y para hacer lo indecible para que su nieto no salga como su hijo.

Es así como los viejitos se regresan tristes, después de los nueve días de la muerte de José, a sus atardeceres tibios, llenos del canto de los pajarillos, donde el sonido del río le sirve de música de fondo a la suave voz gastada por los años y que lamenta las locuras de la vida en el gran país y en las ciudades grandes, donde la gente se mata como pollos gringos, criados con químicas que están de comer en un mes, se queja Don Fede.

The Mother of José Dies.

One somber ofternoon in which the winter is about to be felt, María the mother of José, arrives alone to her house, after helping Marie since her pregnancy became complicated.

She stands in front of the window where she is accostomed to pass the hours looking into space, remembering all of her miseries and where she would wait for her son during the long nights of fear before moving with Marie. A winter storm starts to beat blowing from the north.

In Radio Cumbre, the town's radio station it is broadcast a warning through the activated emergency system, do to the winds, the lightening, a threatening electric storm, besides hail of grand size. In the background María hears the repeated warnings on the radio, but it seems is not able to get her out of her trip through her pass from the window that through time has been witness of her misfortune.

The gloomy evening is illuminated momentarily. The house trembles with the sound of thunder and María departs with her memories, her heart stops when she relives the tortures of the death of her son.

All of these days the comments of the city are about that case, and they still bring psycologists and ministers and leaders to the schools to help the students ajust with such a terrible occurrence. Everybody is convinced that María died because her heart could not resist so much pain.

The press does not let Marie recuperate, they continue presenting on the screens and talking in their commentaries about the 'pieces of human flesh' the spattered houses whose owners ask City Hall for assistance to newly paint and even to boil or filtrate the water because of a possible contamination. Many do not understand why together with the legs, were left a headless rooster and seven cents, while others speak of interpreting the symbolism as perteining to a satanist cult.

Fallece la Madre de José

Una sombría tarde en la que el invierno está por dejarse sentir, María la Madre del ahora desaparecido José, llega sola a su casa, después de ayudar a Marie que se le complicó el embarazo.

Se para frente a la ventana donde acostumbraba a pasar las horas mirando al espacio, recordando toda su miseria, y donde esperaba a su hijo durante las largas noches de temores, antes que se mudara con Marie. Comienza a azotar una tormenta invernal soplando del norte.

En Radio Cumbre, la emisora del pueblo, activaron el sistema de emergencia, por los vientos, las tronadas, tormenta eléctrica que amenaza, además con granizos de gran tamaño. En el trasfondo María, escucha los repetidos avisos en la radio, pero parece no lograr sacarla de su viaje por su pasado desde la ventana que por tiempo ha sido testigo de su infortunio.

Se ilumina de momento el tenebroso atardecer, tiembla la casa con el sonido del trueno y María se va con sus recuerdos, al parársele el corazón mientras revive las torturas de la muerte de su hijo.

En todos esos días el comentario de la ciudad es todo sobre ese caso, y aún llevan sicólogos y ministros y líderes a las escuelas para ayudar a los estudiantes a lidiar con tan terrible acontecimiento. Todos se convencen que María murió a causa de no poder su corazón resistir tanto dolor.

La prensa no deja que Marie se recupere, siguen presentando en sus pantallas y hablando en sus comentarios sobre 'pedazos de carne humana; 'las casas salpicadas cuyos dueños piden a la alcaldía asistencia para pintar de nuevo y hasta de hervir o filtrar el agua por la posible contaminación. Muchos no comprenden porqué junto a las piernas, dejaron un gallo sin cabeza y siete centavos, mientras otros hablan de interpretar su simbolismo como perteneciente a un culto satánico.

And this way the city is touched while Mr. Futuro continues his walks in the streets trying to discover the responsibles to the lamentable fact of savagery.

Mr. Futuro amist the strong deception with what had happened to José, goes and sits in front of the university, thinking, "who will I search for now to give the things that I had saved for José? I had for him a pledge, a prestigious position, the highest power of the nation; I was going to present limosins, security guards; I had saved for José, the fruits that for so many years I have cultivated, in my yard for him, but now, I will have to commence a new to search for someone that deserves all my wealth.

While he preambulates in his thoughts; scenes from the high school auditorioum pass through the mind of Mr. Futuro, the bloodly streets and all the tragedy rips his Soul.

One tear begin to appear in the right eye of Mr. Futuro, in the moment when a person arrives, not of much height, cinnamon color, of bright eyes but profound, with a smile and a diploma in the hand.

This young person recognices Mr. Futuro and runs to hug him. Already the tear is peeping, the pain is killing him, but when he feels the squeeze that the young person so good humoured gives him, his heart warms up and he gets up, breaths deep, swallows and opens his mouth to ask this young person that interrumps him saying: "Mr. Futuro I do not know if you remember, I met you in my neighborhood, you were asking for José, I knew what had happened, it was very sad for everybody, it was traumantic for everybody, but Mr. Futuro no one paid attention. It seems like everybody agreeded to live in Macondo. Look Mr. Futuro, look what I bring with me, a copy of my diploma.

On the back it has the President's signature Mr. Clinejas, at home I have a letter from the Mayor Mr. Curío. My father, may he rest in peace died a week before I graduated but my mother, God keep her, is proud of me.

Así conmovida la ciudad, Mr. Futuro sigue sus andanzas por las calles tratando de descubrir los responsables del lamentable hecho de barvarie.

Mr. Futuro en medio de la fuerte decepción con lo acaecido a José, va y se sienta frente a la Universidad, pensando: "A quién busco ahora, para darle las cosas que guardaba para José?" "Yo que tenía para él un juramento, una posición de prestigio, el más alto poder de la nación; le iba a regalar limosinas, guardias de seguridad, le tenía guardadas a José los frutos que por tantos años he cultivado, en mi patio para él, pero ahora, tendré que comenzar de nuevo la búsqueda de alguien que se merezca todos mis bienes.

Mientras deambula en sus pensamientos, pasan por la mente de Mr. Futuro escenas del auditorio en la Escuela Secundaria, las calles ensangrentadas y toda la tragedia que parte el alma.

Una lágrima se le está asomando en el ojo derecho a Mr. Futuro, en el momento que llega una persona, no de mucha estatura, color canela, de ojos brillosos pero profundos, con una sonrisa y un diploma en la mano.

Esta persona joven reconoce a Mr. Futuro y corre a abrazarlo. Ya la lágrima le está asomando, el dolor lo está matando, pero al sentir el apretón que le dá esta persona tan jovial, se le calienta el corazón y se levanta, respira hondo, traga y abre la boca para preguntar a esta persona joven que le interrumpe diciendo: "Mr. Futuro yo no sé si usted recuerda, lo conocí allá en mi barrio, usted preguntaba por José, yo supe lo que pasó, fue triste para todos, fue traumático para todos, pero Mr. Futuro nadie hizo caso, tal parece que todos se pusieron de acuerdo para vivir como en Macondo. Mire lo que yo traigo conmigo, una copia de mi diploma.

Por detrás tiene la firma del Presidente Clinejas, en casa tengo una carta del Alcalde Curío. Mi Padre, que en paz descance murió una semana antes de graduarme pero mi Madre, Dios la guarde, está orgullosa de mi.

Mr. Futuro, the superintendent of School Mr. Conejo, recommended me for any vacancy of high position and of the biggest; also the Chief of Police Mr. Columpio, gave me a medal of honor; the Minister from the corner Rev. Peleado gave me a prayer; the Governor of the state Mr. Rodaje, gave me a scholarship and the Attorney General Mr. Volumen, presented to me a recognition. Well, what else can I tell you? I really earned it. I worked, Mr. Futuro. You do not know how much it cost me, oh Mama mía! How it cost me! It's that it is not easy Mr. Futuro; but I reached it. Caríjole! I didn't let myself be deceived. Did they try? Umhum! Everyday, but when I was most weak I remembered José, of María the consented one with Josesito and that memory served me as strength and kept going til today that I find myself with you.

Oh! Almost forgot; were you able to deliver the things that they said you had for José?

Mr. Futuro remains looking far away, and in the expression of his eyes seems to be seeing a city of light and colors.

This jovial person that speaks, insists "look, Mr. Futuro, I am going forward. I have faith. I work as an intelligent being you know, with my ups and my downs, but I do not stop. It's that it is my life.

Mr. Futuro returns the tear. Again he breaths deep, with his big shoe he gets accomodated, looks at this young person, smiles, puts his arm over the shoulder and takes a step. Then he asks: "What is your name? … ______________________________ (A note from the author…the ink from my pen finished, you put the name)

Mr. Futuro, el Superintendente de Escuelas Mr. Conejo, me recomendó para cualquier vacante que sea de altura y para lo más grande, también el Jefe de la Policía Mr. Columpio, me dió una medalla de honor; el Ministro de la esquina Rev. Peleado, me hizo una oración, y el Gobernador Mr. Rodaje, me dió una beca. Mientras que el Procurador General Mr. Volumen me presentó un reconocimiento. Bueno, para que le cuento; realmente me lo gané, me fajé, Mr. Futuro no sabe usted cuánto me costó; Hay mamasita! Cuánto me costó! Es que no es fácil Mr. Futuro, pero lo logré, caríjole! No me dejé engañar. Que si trataron? Anjá! Todos los días, pero cuando más débil estaba me acordaba de José, de María la consentida con Josesito, y ese recuerdo me servía de fuerza y seguí hasta el día de hoy que me encuentro con usted Mr. Futuro.

Ah! Se me olvidaba; consiguió usted entregar las cosas que dijeron usted tenía para José?

Mr. Futuro se queda mirando a lo lejos, y en la expresión de sus ojos parece que está viendo una Ciudad de luz y colores.

Esta persona jovial que le habla, insiste: "Fíjese Mr. Futuro, yo voy para adelante. Yo tengo fe. Me fajo como un ser inteligente. Sabe usted; con mis subidas y mis bajadas pero no me detengo. Es que es mi vida.

Mr. Futuro devuelve la lágrima. Vuelve y respira hondo, con su zapatote grandote se acomoda, mira a esta persona joven, se sonríe, le echa el brazo sobre el hombro y dá un paso. Luego pregunta: "Cómo es tu nombre? ... ______________________ (Nota del autor...se me acabó la tinta del lápiz, póngale el nombre usted.)

Every student that finishes reading this book, and takes the firm decision to complete the book by writing your full name as an answer to the last question of Mr. Futuro and transform into that jovial person that embraces Mr. Futuro; I, Rev. Moses Mercedes, the author, invite you before you write your name, to place your right hand over your heart and repeat this "Solemn Promise" and then write your complete name in the space that responds to Mr. Futuro and underneath your name write the date and the hour of your signature.

SOLEMN PROMISE

I PROMISE SOLEMNLY, BEFORE GOD, FIRST SOURSE OF MY BEING AND BEFORE MY CONSCIENCE; THAT I WILL STUDY FERVENTLY TO HONOR WITH MY GRADUATION, MY FAMILY, MY RACE AND MY NATION. I PROMISE SOLEMNLY ALSO TO PROCURE WITH ALL THE STRENGTH OF MY INSIDES, AVOID SIMILARITIES TO IDENTIFY AND CONDUCT MYSELF LIKE THE NEGATIVE PERSONALITIES OF THIS STORY. WITH THE SKY AS LIMIT, ETERNITY AS GUIDE AND WITH THE DEDICATION AS ENERGY I PROMISE SOLEMNLY. SO BE IT…

Todo estudiante que termine de leer este libro, y que tome la firme decisión de completar el libro escribiendo su nombre completo como respuesta a la última pregunta de Mr. Futuro y transformarse así en esa persona jovial que se abraza de Mr. Futuro; Yo Rev. Moisés Mercedes, el autor, le invito antes de escribir su nombre y apellido, a poner su mano derecha sobre su corazón y repetir esta "Promesa Solemne" y luego escribir su Nombre completo en el espacio que responde a Mr. Futuro y debajo de su nombre escriba la fecha y la hora de su firma.

PROMESA SOLEMNE

PROMETO SOLEMNEMENTE, ANTE DIOS, FUENTE PRIMERA DE MI SER Y ANTE MI CONCIENCIA; QUE ESTUDIARE FERVIENTEMENTE, PARA HONRAR CON MI GRADUACION; MI FAMILIA, MI RAZA Y MI NACION. PROMETO SOLEMNEMENTE ADEMAS QUE PROCURARE CON TODAS LAS FUERZAS DE MIS ADENTRO, EVITAR PARECERME, IDENTIFICARME Y CONDUCIRME COMO LOS PERSONAGES NEGATIVOS DE ESTA HISTORIA. CON EL CIELO COMO LIMITE, LA ETERNIDAD COMO MI ORIENTE Y CON LA DEDICACION COMO ENERGIA PROMETO SOLEMNEMENTE. ASI SEA....

ABOUT THE AUTHOR

Rev. Moses Mercedes, native from the Dominican Republic. Former Commissioner for Human Rights in the State of Rhode Island.

Ordain Minister from the Spanish Eastern District Assemblies of God.

Radio personality in Providence Rhode Island and Bridgeport Connecticut.

International speaker and lecturer. Recognized Most Outstanding Citizen 1990 by the International Institute of Rhode Island. Senior Pastor of the Assemblies of God in providence for 15 years and at Prince Of Peace Church A.G. in Bridgeport Connecticut since 1991 to present (2001)

Eternal passionate of reading, music, spirituality and his family.

ACERCA DEL AUTOR

Rev. Moses Mercedes, oriundo de la República Dominicana. Ex-Comisionado de Derechos Humanos en el Estado de Rhode Island.

Ministro Ordenado del Distrito Hispano del Este de las Asambleas de Dios.

Personalidad de la Radio en Providence Rhode Island y en Bridgeport Connecticut.

Conferencista y Orador Internacional.

Reconocido Ciudadano más destacado del año 1990, por el Instituto Internacional de Rhode Island.

Pastor principal de las Asambleas de Dios en Providence por 15 años y en la Iglesia Príncipe de Paz A.D. en Bridgeport Connecticut, desde 1991 al presente (2001)

Eterno apasionado de la lectura, la música, la espiritualidad y su familia.

www.ingramcontent.com/pod-product-compliance
Ingram Content Group UK Ltd.
Pitfield, Milton Keynes, MK11 3LW, UK
UKHW040017200726
13854UKWH00001B/254

9 780759 632295